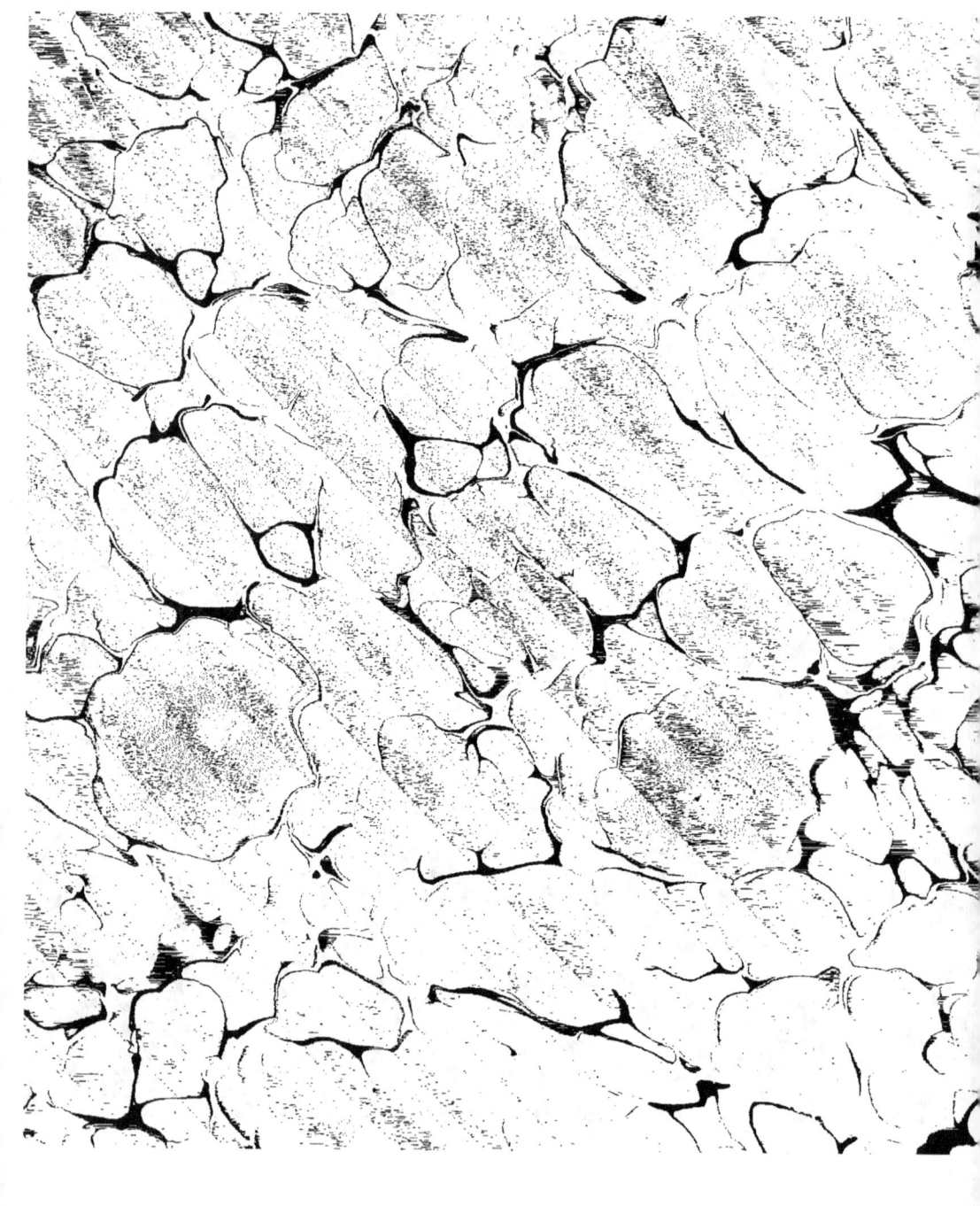

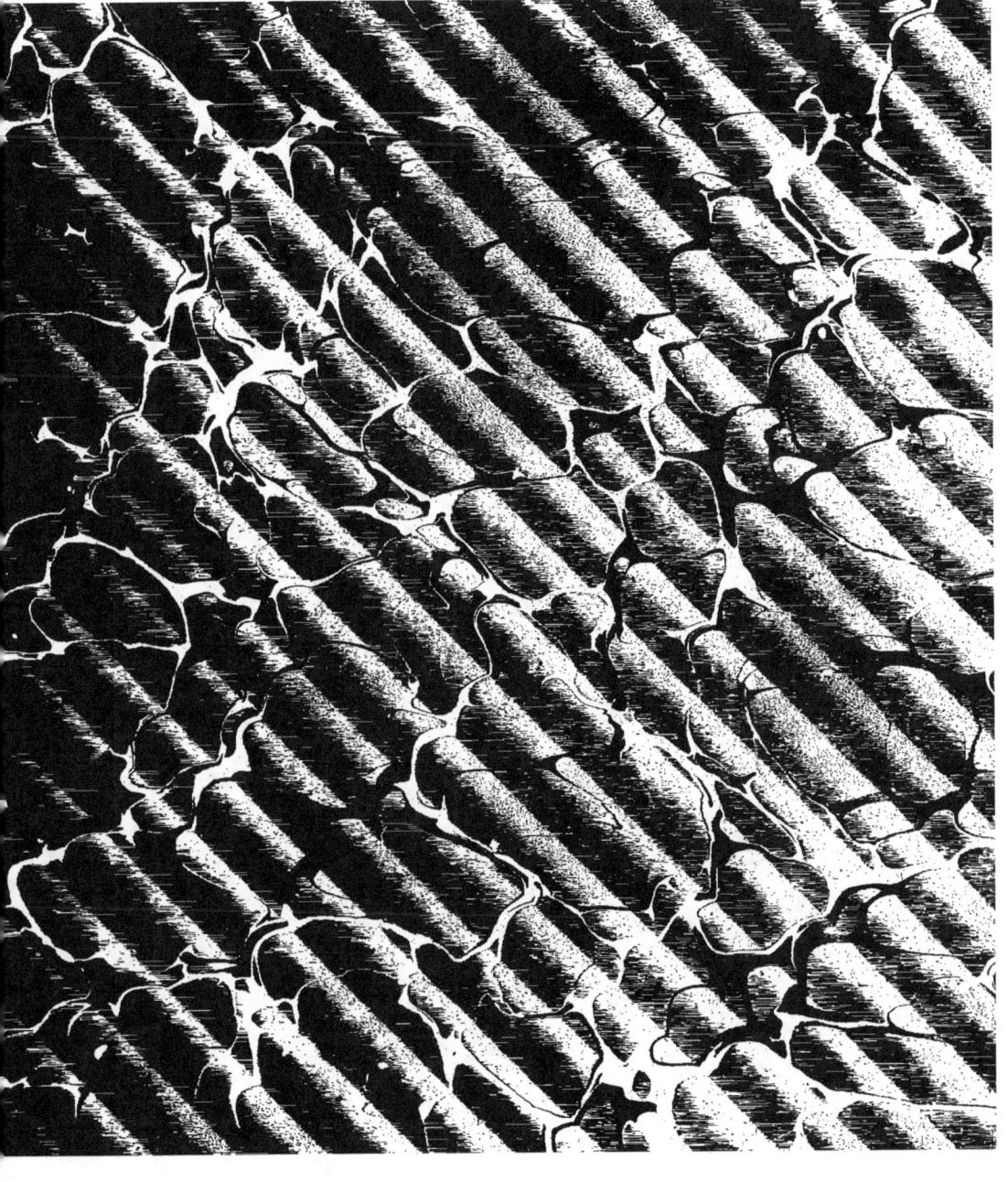

TABLEAU
LITTÉRAIRE
DU DIX-HUITIÈME SIÈCLE,

OU

ESSAI sur les grands Écrivains de ce siècle et les
progrès de l'Esprit humain en France,

Ouvrage qui a remporté le Prix d'Éloquence décerné par la Classe de
la Langue et de la Littérature françaises de l'Institut, dans sa séance
du 4 avril 1810.

PAR M^RIE. J.-J. VICTORIN-FABRE.

. . . . . . Primo avulso, non deficit alter
Aureus.

Virg. *Æneid.* lib. VI.

~~~~~~~~~~~~~~~~

PARIS.

BAUDOUIN, IMPRIMEUR DE L'INSTITUT DE FRANCE.

————

AVRIL, M. DCCC. X.

T A B L E A U

LITTÉRAIRE

DU DIX-HUITIÈME SIÈCLE;

OU

ESSAI sur les grands Écrivains de ce siècle et les progrès de l'Esprit humain en France.

. . . . . . Primo avulso, non deficit alter
Aureus.

VIRG. *Æneid.* lib. VI.

~~~~~~~~~~~~~~~~~~~~~

Un grand Siècle vient d'expirer. Il laisse un noble héritage à la France, désormais élevée, dans la gloire des Lettres, par-dessus toutes les Nations. Il laisse d'éclatans exemples à la Postérité dont l'admiration restera fidèle à ses généreux souvenirs ; d'augustes leçons et de vastes espérances à l'Esprit humain, dont il a hautement signalé la puissance et la grandeur.

Organe de la Nation, une illustre Académie a demandé le Tableau de ses triomphes littéraires : et, après trois ans, elle le demande encore! et la palme la plus honorable qui jamais ait été offerte à l'émulation publique reste, après trois ans, à cueilllir !.. Ce qu'aurait dû faire l'Eloquence, le zèle osera le tenter. Je me présente dans la carrière, moins excité par l'éclat d'une si glorieuse Couronne que par l'intérêt patriotique de mon sujet, et souhaitant de bien faire ou qu'un autre fasse mieux que moi.

L'Homme dont la main puissante a porté le Sceptre littéraire pendant la plus belle moitié du dix-huitième siècle, caractérisant d'un seul trait l'âge brillant qui l'avait précédé, de tous les siècles, a-t-il dit, c'est celui où l'esprit des hommes s'est le plus généralement éclairé (1). Pour moi, sans faire à mon sujet l'application de ces paroles remarquables, je vais peindre et non pas juger. C'est à vous, Messieurs, c'est à la Nation, à l'Europe entière, qu'il appartient de décider si telle est en effet l'inscription que doit offrir le TABLEAU LITTÉRAIRE DE LA FRANCE AU DIX-HUITIÈME SIÈCLE.

Dans ce tableau vont paraître d'abord ceux dont les talens ou les lumières ont embelli l'aurore de ce siècle et préparé sa splendeur : toutes les connaissances humaines, tous les genres de littérature, s'y montreront isolés, et pour ainsi dire épars. On les verra long-tems ensuite se développer et s'étendre, enfin s'approcher et s'unir. Alors, portant nos regards sur le magnifique ensemble d'un siècle où tout s'agrandit en s'éclairant, il faudra nous efforcer de déterminer avec justesse la nature de ses travaux, de fixer avec précision l'étendue et les bornes de ses conquêtes. Ainsi, conduits par degrés des exemples qu'il nous laisse aux espérances qu'il nous donne, nous pourrons juger des secours qu'il a transmis lui-même à l'âge présent, pour le suivre, pour l'atteindre peut-être dans la carrière illimitée du génie et de la gloire.

Dans les Républiques littéraires comme dans les Empires politiques, les événemens d'un siècle ont des causes plus ou moins éloignées dans les siècles précédens. Quiconque veut les appré-

(1) Voltaire.

cier avec exactitude doit considérer avant tout leur place dans
l'ordre des tems, et l'impulsion qui leur fut donnée.

On remarque au seizième siècle un mouvement général imprimé
à l'esprit humain chez tous les Peuples de l'Europe. Le Génie à
son réveil secoue les chaînes de l'École; bientôt il se fera des
ailes pour sortir du labyrinthe des Autorités (1). La Science,
rappelée à l'observation et à l'indépendance, n'est plus un culte
caché dans un langage symbolique, révélé par des initiations. La
Théologie devient philosophique: et la Philosophie commence
son apostolat pour le Genre humain, en cessant d'être un sacer-
doce. L'Allemagne a son Pythagore, et le vrai Système du monde
est dévoilé; l'Angleterre enfante Bacon qui, à l'entrée de toutes
les routes que la raison peut parcourir, place le flambeau de
l'expérience: l'Italie des Médicis se montre l'héritière et l'émule
de l'Italie des Césars; et la France enfin s'avance vers cette
gloire des Lettres dont va bientôt déchoir l'Italie. Les grands
Modèles de l'antiquité, qui n'avaient encore fait naître que des
commentateurs, commencent à former des disciples; et notre
Langue, qui d'abord avait acquis quelque souplesse et un cer-
tain charme de naïveté, s'élève jusqu'à l'énergie dans des Satires
piquantes, et dans des Odes nobles et harmonieuses jusqu'à
l'élégance et au sublime.

Un nouveau siècle commence. Au besoin d'imiter et de croire
avait succédé le besoin de connaître et d'inventer. Tandis que
sur les débris du despotisme scholastique, la Philosophie (2) remonte jusqu'au doute et redescend aux systèmes, des Génies de

---

(1) On ne veut parler ici que des Autorités scholastiques. Les Autorités
religieuses furent généralement respectées par les Philosophes de cette époque.

(2) Descartes. On sait qu'il déblaya, si je puis ainsi dire, la route de la
vérité encombrée par de vieilles erreurs, et qu'il la sema d'erreurs nouvelles.
Personne n'a mieux prouvé ce que peuvent pour la raison les chutes mêmes
d'un grand homme.

toutes les trempes s'emparent à l'envi de cette Langue à qu
ses heureux progrès présagent un perfectionnement rapide
Chacun d'eux lui donne à diverses mesures les qualités domi
nantes de son esprit, et notre Langue est souple et féconde. Le
talent pur, le goût exquis viennent ensuite, ils polissen
l'œuvre du Génie ; et notre Langue est fixée. Des Poëtes, de
Orateurs, dignes de la Grèce et de Rome, illustrent notre Littérature : et dans les divers genres d'écrire qui tiennent plu
particulièrement à l'imagination, le beau siècle de Louis, riva
du siècle d'Auguste, enfante de nombreux chefs-d'œuvres qu'i
faut imiter pour les égaler, et qui seraient encore des modèle
lors même qu'on parviendrait à les surpasser. L'éclat dont brill
la France fixe les regards de l'Univers. Et nos grands Maîtres
devenus des autorités dans toutes les littératures, consacrent enfi
en Europe cette adoption des talens étrangers, cet échange de
trésors de l'esprit et ce commerce des arts qui font entrer tou
les Peuples dans le partage des bienfaits de la raison et de
richesses du Génie.

Après cet âge couvert d'une gloire éblouissante, que restait-il
encore à faire pour l'honneur des Lettres françaises, et les
progrès de l'Esprit national ? La Langue était fixée, il est vrai,
mais on pouvait l'enrichir. L'art d'écrire était connu, il avait
ses modèles ; mais on pouvait l'agrandir, l'appliquer à de nouveaux objets, répandre ainsi les lumières sur de plus nombreuses classes de Lecteurs, et faire d'une Nation illustrée par
quelques Hommes de génie une Nation d'Hommes éclairés.
Alors devait s'achever l'ouvrage du seizième et du dix-septième
siècles ; ce Commerce des esprits entre les Nations, se changer
en une Confédération de travaux et de lumières ; et toutes les
Républiques littéraires se réunir en un seul Empire dont les
Citoyens seraient partout et les limites nulle part. Voilà ce qui
restait à faire au dix-huitième siècle : et c'est de là qu'il faut
partir pour juger ce qu'il a fait.

Dès ses premières années, tout annonça dans les esprits un changement général, et la nouvelle direction que devaient en recevoir les Lettres. Long-tems le plus imposant de nos Rois avait recueilli sur un trône qu'environnaient alors la gloire et les plaisirs, ces tributs les plus flatteurs que puisse obtenir un Monarque, l'admiration de ses ennemis, et l'enthousiasme de son Peuple. Les Lettres protégées par l'estime de Louis plus encore que par sa munificence, se plurent à partager l'ivresse nationale, à former la décoration d'un règne où tout parut s'embellir. Mais ces jours éclatans n'étaient plus. Tant de grandeur s'était ruinée elle-même ; trop de succès avaient amené des revers. Une destinée terrible dans ses retours, semblait, à quelque prix que ce fût, vouloir abattre ce Roi toujours plus grand que ses malheurs : elle le frappait à-la-fois dans son Empire et dans sa famille. Et le Peuple qui voyait tomber par des morts soudaines toute la race de Louis, pleurant sur le tombeau du jeune et vertueux Prince vers qui dans ses disgraces il élevait ses mains et ses vœux, sentait s'évanouir par degrés ses dernières espérances. Quel spectacle pour une Nation qui croyait pouvoir se confier en quarante années de prospérité ! A nos frontières les éfaites, la faim dans nos remparts, et le deuil sur le Trône ! Cependant cette Nation généreuse, accoutumée long-tems à respecter Louis, semblait craindre d'ajouter aux douleurs d'un Prince qui reconnaissait ses fautes (1) : elle gardait un triste mais respectueux silence, et ne permettait point à ses plaintes de trahir ses justes terreurs. Mais le malheur et surtout les craintes conduisent à l'habitude de réfléchir. Les Esprits perdent alors cette insouciance de l'avenir qui naît de la félicité présente : le danger de l'État, l'infortune du Peuple, tout ce qui intéresse la cause du Trône ou de la Nation, devient l'objet

---

(1) On doit en excepter quelques provinces où la révolte fut excitée par la misère, et, il faut bien le dire, par la persécution.

de toutes les pensées et bientôt de tous les entretiens. Bientô
une raison sévère remplace ces illusions que nourrissaient les
flatteries d'une destinée long-tems heureuse (1). Les Lettres devaient partager cette dernière révolution d'un règne dont elles
avaient suivi toutes les vicissitudes : brillantes à son midi de la
plus vive splendeur, comme lui elles s'étaient obscurcies, avec
lui elles avoient paru pencher vers leur déclin.

Toutefois quelques Écrivains déjà connus sous ce règne, mais
qu'on a vu depuis obtenir plus de succès et de renommée, ou suivaient encore de loin les traces de nos grands Maîtres, ou s'ou-
vraient des routes nouvelles dans lesquelles on devait les suivre
un jour. Parmi eux, ou plutôt à leur tête, se plaçait dès-lors un
homme qui, dans le Siècle des Créations littéraires, n'avait été
qu'un bel Esprit, qui, dans le Siècle naissant des Créations philosophiques, fut un Esprit supérieur.

C'était le sage Fontenelle, qui n'eut jamais dans son style le
coloris de l'imagination, mais qui, toujours ingénieux, souvent lucide avec concision, et juste avec finesse, semblait appelé, par le genre même de son talent, à développer dans une
analyse facile ces systêmes dont l'enchaînement est le résultat
d'une méditation profonde, et à répandre le jour d'une raison
calme et méthodique sur ces vérités que le génie conçoit par de
soudaines illuminations.

Avec ce caractère d'esprit et de talent, il fallait que Fontenelle entrât dans la carrière des Sciences pour obtenir la gloire
des Lettres, et qu'il devînt Philosophe pour être bon Écrivain.
Jusqu'alors tous les Siècles célèbres avaient paru marcher à la
suite de quelques esprits créateurs : Fontenelle n'a rien créé, si

(1) Ainsi des circonstances extraordinaires vinrent hâter à cette époque la
marche secrète de l'esprit humain qui, chez les peuples comme dans les individus, est presque toujours conduit par les Arts d'imagination aux Sciences
de raisonnement.

ce n'est peut-être l'esprit de son siècle. Il n'a point ce feu du génie qui agite les ames et élève les Nations ; mais sa raison lumineuse réfléchit les clartés du génie. Marchant lui-même à ce nouveau jour qu'il répandait sans le produire, il invita son siècle à le suivre. Panégyriste des Héros et des Apôtres de la Science, il introduisit dans le mon de la mémoire de ces grands Hommes dont la vie s'était écoulée dans la retraite ; il les donna pour guides à ses Contemporains ; et au pied des statues qu'il dressait à leur gloire, il annonça l'alliance qui devait unir dans ce siècle les Sciences et les Lettres, que l'esprit philosophique rapproche pour les enrichir.

Ces premières incursions des Lettres dans le domaine des Sciences, leur présageaient des conquêtes prochaines et multipliées. Les principes de la Littérature exposés dans des Rhétoriques (1), surpassées depuis sans doute, mais alors placées au premier rang, annonçaient déjà les progrès réservés dans ce siècle aux Études littéraires et à l'analyse des beaux Arts. Des Historiens encore célèbres, les Rollins, les Vertots, les Bougeants, les Dubos, sans préparer toutefois la révolution mémorable qui devait bientôt s'opérer dans la manière d'écrire l'Histoire, suivaient avec goût, avec talent, les grands Modèles de l'Antiquité (2), ou s'en écartaient avec gloire. L'art des Cicérons et des Démosthènes, le véritable Art oratoire, qui, par un effet de nos institutions, ne s'était montré long-tems que dans nos Chaires évangéliques, commençait à s'introduire dans le sein de nos Tribunaux ; et l'on touchait au moment où l'Éloquence philosophique, appliquée à tous les sujets, perfectionnée dans un même siècle par les talens les plus divers, allait enfin suivre

_____

(1) Le *Traité des Études* et les *Réflexions sur la Poésie, la Peinture et la Musique*, etc.

(1) Les Plaidoyers de Cochin, les Harangues de d'Aguesseau, etc.

* 2

dans son vol l'Éloquence religieuse qui semblait ne pouvoir plu
être désormais perfectionnée.

Eh ! qu'ajouter, en effet, à cette auguste Éloquence, illustré
par la dialectique sévère de Bourdaloue, par l'imagination sen
sible de Fénelon, par le génie ardent de Bossuet ? Massillo
parle, et sait lui donner des graces toutes nouvelles. Par un
alliance heureuse, mais peu connue jusqu'alors, il montre à l
fois dans ses discours, avec une mesure exquise, le Ministr
de la parole divine, le Moraliste philosophe, l'Homme de goût
l'Homme du monde et l'élégant Académicien. Jamais on n
porta peut-être dans aucun genre de composition oratoire, u
pathétique si doux, si affectueux, si tendre, et quelquefois s
touchant ; une peinture de mœurs si vraie et si pénétrante, un
élocution si pure et d'une aussi flatteuse harmonie. Jamai
on ne sut rendre plus aimables les préceptes d'une Morale aus
tère et sainte, dont la prédication, souvent infructueuse, mé
ritait alors d'autant plus de respect, que les mœurs de la Cou
et de la Nation s'en écartaient davantage.

Au long règne de Louis avait succédé la Régence, et au rigo
risme outré des dernières années de ce règne, une licence san
frein, suite malheureusement trop naturelle d'une austérité hy
pocrite. La France entière était alors dans un état de crise et d
convulsion. Un *Systême* trop vaste pour n'être pas témérair
avait agité l'État en bouleversant les Finances ; et des révolu
tions rapides dans les fortunes avaient causé dans les mœurs un
révolution plus durable et plus funeste.

A cette époque, tout change dans les Lettres comme dans le
Mœurs ; je me trompe, tout paraît changer. Si l'œil perçant du
Philosophe retrouvait, au masque près, dans les Favoris d
de Philippe les Courtisans de Louis, un observateur attenti
pouvait démêler sans peine, à travers les frivolités et l'ivresse
passagère de la Nation, cette tendance des esprits vers les étude
sérieuses qui s'était manifestée à la suite des revers et dans les

dernières années du règne de Louis XIV. Ce qui caractérise la régence, c'est cet amour des nouveautés, ce penchant à l'innovation
qu'on croirait vouloir tout détruire, et qui se borne à tout
agiter. Il se montrera plus tard et avec plus d'éclat dans les
recherches de nos Savans, dans les méditations de nos Philosophes ; il se fait sentir dès-lors dans notre Littérature qu'il
semble devoir corrompre, et ne fait bientôt qu'enrichir.

Dans l'Époque précédente, les Racines et les Boileaux avaient
promulgué les Lois du goût, après les avoir suivies ; à l'époque
dont je parle, on voulut abroger ces Lois après les avoir vio-
lées. L'Auteur d'un Roman héroïque prétendit surpasser Homère en imitant Fénelon. A quelque prix que ce fût, il voulait
avoir fait un poème ; et, pour le prouver, il écrivit contre la
Poésie. Au prétendu chantre de Séthos était alors uni de principes un Académicien célèbre, prosateur spirituel et facile,
versificateur languissant et forcé. Pour des raisons très-diffé-
rentes, mais avec un intérêt égal, l'Abbé Terrasson et La Motte
décriaient la versification et les grands poètes ; l'un, parce qu'il
avait fait de la prose, l'autre parce qu'il avait fait des vers.

Fontenelle qui, dès-lors, avait pris sur son siècle un noble
empire, favorisait, par inclination, par ressentiment peut-
être, les innovations que son ami ne tentait que par amour-propre.
L'ennemi de Despréaux n'avait pu se réconcilier avec Homère.
On retrouvait dans ses principes l'influence de ses préventions ;
on retrouvait dans son style les traces de la fausse direction
donnée à ses premiers travaux ; et, en éclairant la Raison, il
semblait quelquefois encore fait pour égarer le goût : adver-
saire dangereux de toute superstition littéraire qu'il remplaçait
par des hérésies.

Opposant à leur progrès son nom, ses préceptes et son exemple,
l'Auteur du Poème de la *Religion*, fidèle à la pureté des Doctrines littéraires, se montra dans la Versification, je ne dirai
pas dans la Poésie, le digne fils de Racine et le sage disciple de

Despréaux. Mais, trop dépourvu d'invention dans son style comme dans ses plans, il eut des beautés soutenues, et rarement des beautes hardies; ses pensées, et ses images sont toutes de la même hauteur; et dans sa monotonie savante, il laisse voir souvent la perfection de l'Art et la médiocrité du Talent. Pour rendre dans toute leur majesté les grandes idées religieuses, il n'avait pas ce don éminent du sublime, et, si l'on peut dire ainsi, de l'idéal dans les formes et dans les couleurs du style, ce don fait par la nature à *son glorieux père*, et que l'étude d'un tel maître paraît avoir développé dans J. B. Rousseau.

Défenseur, comme Louis Racine, des vrais Principes littéraires, Rousseau, toujours destiné à subir ou à exercer des vengeances, devait, par son caractère, être plus redoutable au Bel-Esprit qu'il combattait sans relâche avec les armes de la satire; et il devait, par son talent, être plus utile à la cause du Goût auquel il prêtait l'appui d'une haute renommée. Le modèle de nos Poètes lyriques, il possédait à un degré très-rare toutes les parties de l'art qui ne tiennent pas à la sensibilité de l'ame et au génie de l'invention. Elève des grands Maîtres qui ont fixé parmi nous la Langue poétique, il ajouta peu à la richesse, et moins encore à la perfection qu'ils lui avaient donnée; mais il étendit à un nouveau genre cette étonnante perfection. Retenu par l'exemple de Malherbe, qu'il imite quelquefois et ne surpasse pas toujours, il s'abandonna trop rarement à la fougue, au désordre plein de mouvement et d'élévation qui font le caractère de l'Ode antique; mais une marche élégante et noble, un coloris très-poétique, une harmonie, sinon expressive, du moins flatteuse et brillante, ont fait de ses Odes mélodieuses des Ouvrages classiques, et qui restent encore au premier rang parmi les Modèles.

Dans ses Cantates mythologiques, qui forment une suite de tableaux tour-à-tour gracieux et sublimes, la vérité des peintures et l'éclat éblouissant des couleurs, font oublier le vide des pensées et le défaut de sentiment. Il a tenté, mais sans succès, l'Opéra et la Comédie, genres qui demandent une flexibilité de style, une souplesse et une naïveté de talent qu'il n'avait pas. L'heureux émule de Malherbe ne put obtenir d'être placé parmi les vrais Disciples de Molière.

Ce grand homme avait élevé la Comédie à une telle hauteur que lui seul pouvait l'y maintenir. Elle a éprouvé depuis des altérations successives qu'il importe de remarquer. Tel est cependant le prodigieux mérite de Molière, que parmi les divers talens qui ont soutenu la Comédie dans cette décadence même, il en est qui nous sembleraient sans doute être parvenus au comble de l'Art, si ce grand Maître n'existait pas.

Le premier de ses successeurs, Regnard, doué d'un talent brillant et facile, et possédant à un haut degré la vivacité comique, se serait infiniment rapproché de Molière lui-même, s'il avait eu ces grands traits dont le *Contemplateur* (1) peint les mœurs et les caractères; ces vues profondes qui dévoilent les ressorts cachés des passions, et le jeu des sociétés humaines. Rarement trouve-t-on dans Regnard ces magnifiques peintures. Lors même que son sujet le conduit à les tracer, il néglige de les offrir sous un aspect philosophique; et il blesse quelquefois la morale quand il n'aurait qu'un pas à faire pour éclairer la raison. Voilà ce qui frappe surtout dans le Légataire. C'est un phénomène dans les Lettres qu'un sujet si triste et si révoltant, des idées de mort, de spoliation, tournées à la plaisanterie avec une grace naturelle; une action atroce et lugubre devenue sans effort, sous la plume du Poète, un chef-d'œuvre unique d'enjouement : et, sous un autre aspect, c'est un scandale que le succès d'une pièce où tous les sentimens de la nature, tous les

---

(1) Nom que Boileau donnait à Molière et que lui conservera la postérité.

devoirs de la société, sont immolés à la risée publique. Combien cependant il était facile de lui donner un grand but moral! Molière l'eût fait sans doute. Si ce philosophe sublime, si l'Auteur de Tartuffe et du Misantrope, avait traité le sujet du *Légataire universel*, il n'aurait point laissé à ses successeurs le sujet du *Vieux Célibataire*. De tous les Ouvrages de Regnard c'est celui qui montre le mieux, et les prodigieuses ressources de son esprit, et les bornes de ses vues morales.

Dufresni, son contemporain, plein d'agrément et d'esprit, mais qui n'égala point Regnard et négligea trop d'imiter Molière, montra plus de sagacité que de profondeur, et de gaîté que de finesse.

Le Sage parut au contraire fait pour s'approcher de Molière et pour remplacer Regnard. Si, après l'auteur du Tartuffe, quelqu'un mérite d'être cité pour les grandes vues morales et la peinture énergique des mœurs, c'est l'auteur de *Turcaret*; si, après l'auteur du Légataire, quelqu'un posséda au même degré cette verve intarissable de saillies et d'enjouement, c'est l'auteur de *Crispin rival de son Maître*. Pourquoi faut-il que Le Sage se soit arrêté dès son entrée dans la carrière ? Il y marchait de près sur les traces de nos deux meilleurs Comiques (1).

Destouches qui vint ensuite, s'en écarta : il voulut épurer la Comédie, et on l'accuse avec raison de l'avoir rendue trop sérieuse. Un mérite qui lui est particulier entre les écrivains de

---

(1) Sa retraite a été funeste à la Comédie sans doute ; mais peut-être lui devons-nous *Gil-Blas*, l'un des Chefs-d'œuvres de notre langue. L'Auteur de *Turcaret* que des dégoûts éloignaient du théâtre, transportait dans des fictions plus vastes toutes les scènes heureuses dont il aurait pu l'enrichir.

Le Sage fit pour le Roman ce que Corneille et Molière avaient fait pour la Comédie. A des fictions interminables où tout était merveilleux et sublime, excepté les pensées et le style, il substitua la peinture énergique et vraie de l'Homme et de la Société.

son siècle, c'est ce caractère de dignité qu'il a imprimé surtout au plus célèbre de ses Ouvrages, où des situations touchantes sont fondues dans l'ensemble avec ménagement, et laissent reparaître ensuite, sans l'altérer, cette gaîté franche et naturelle qui anime la vraie Comédie.

Ces situations touchantes, La Chaussée en forma le tissu de ses compositions. Toujours plein d'intérêt et quelquefois même de pathétique, il créa, ou plutôt il renouvella parmi nous un genre qui tient à la Comédie par les personnages, à la Tragédie par la situation; genre qui justifiait à bien des égards la sévérité des Critiques, mais qui fit naître des Ouvrages justement absous par le succès.

La véritable Comédie sembla dès-lors exilée; elle ne fit plus sur notre Scène que de courtes apparitions et à de longs intervalles. Parmi quelques Pièces heureuses qui rappellent un meilleur tems s'élevèrent surtout deux Chefs-d'œuvres, l'un d'invention et de verve, l'autre de finesse et de grace, la Métromanie et le Méchant. Mais un pathétique bourgeois prévalut sur le Comique; et dans le Comique même on n'osa plus se livrer à la gaîté naïve et piquante, aux peintures fortes et naturelles. L'influence de la Cour de Louis XV se fit surtout sentir dans la Comédie qui doit offrir le tableau des mœurs.

Aux yeux de cette Cour qui n'attachait de prix aux qualités sociales que dans les manières et dans les discours, le Peintre des vrais caractères, Molière, avait trop méconnu l'urbanité française; ses Personnages n'étaient point des gens de bonne compagnie; ses mœurs manquaient de politesse et son dialogue d'ornement. Chacun de nos petits Auteurs voulut passer pour être du beau monde. Les séductions de la vanité servirent encore à répandre la contagion du mauvais goût. On n'eut garde d'imiter Molière. On ne peignit pas, on ne voulut qu'ébaucher avec une grace légère des caractères sans physionomie, des mœurs indécises et artificielles. A la saillie vive et enjouée on fit succéder

le froid persifflage, et le jargon néologique à la franchise
style : alors on s'arrogea le titre de Comique du bon ton. Il
eut à cela qu'un inconvénient, c'est que la Comédie ne fit
rire.

Si, malgré les divers efforts de plusieurs talens distingués
Comédie ne put se maintenir à cette hauteur de l'art où le ge
l'avait élevée sous le règne de Louis XIV, il n'en fut pas
même de la Tragédie, destinée à s'ouvrir encore des rou
nouvelles. Corneille et Racine ne pouvaient être surpassés
eurent du moins dans le dix-huitième siècle d'illustres succ
seurs et un rival.

Déjà vers le commencement de ce siècle avait paru un Gé
inculte, il est vrai, mais fier et tragique. Corneille avait él
l'ame, Racine affecté délicieusement le cœur; Crébillon vou
effrayer l'imagination : il s'éleva sur une scène sanglante, e
but de ses Compositions théâtrales fut la terreur. Un faux s
tème dramatique, des intrigues sans vraisemblance, des sit
tions forcées, des déguisemens, et tous ces petits moyens
appartiennent plus au Romancier qu'au véritable Poète,
trop défiguré ses Tragédies; de grands traits épars dans s
style n'y rachètent point assez les vices de l'élocution trop
pourvue de pureté, de correction et d'harmonie. Mais celui
sut tracer les caractères de Rhadamisthe, de Palamède et
Pharasmane, dut obtenir et mérita sans doute des succès d'a
tant plus éclatans qu'il ramenait le premier sur la Scène
fortes et mâles passions que l'École dégénérée du plus parf
de nos Poètes en avait alors exilées. Heureux si, pour l'intér
de son talent, il eût moins négligé l'étude de la Langue et d
grands modèles! Heureux surtout si, contre l'intérêt de sa r
nommée, l'animosité et l'envie ne l'avaient pas opposé comm
un rival au Poète qui n'en devait point connaître dans ce siècl
qu'il remplit tout entier de son génie et de sa gloire!

Ce Génie extraordinaire est trop vaste pour être embras

dans son ensemble : pour mesurer son étendue, il faut d'abord
la diviser. Concevez donc un Poète épique qui parcourt à la-fois
avec honneur la carrière de Virgile et celle de l'Arioste ; un
Poète didactique, digne émule de Pope dans l'Épître morale,
digne élève d'Horace dans la Satire ; un Poète aimable et
léger, sans modèle comme sans émule ; enfin un Poète dramatique, célèbre par vingt succès, illustre par six chefs-d'œuvres.
Concevez encore un Historien qui crée son genre, et qui le fixe ;
un Romancier qui invente sa manière, et la rend inimitable ;
un rival de Cicéron dans l'Épître familière ; un Critique qui n'a
point de rival. Concevez, dis-je, séparément tous ces Écrivains
d'un mérite supérieur. Le Siècle qui les aurait produits seuls ne
formerait-il pas une Époque glorieuse dans les Lettres ? Eh
bien ! tous ces Écrivains divers qui seuls auraient illustré leur
Siècle, c'est Voltaire.

Après Corneille, après Racine, il ajouta, durant quarante
années, de nouveaux développemens à notre Scène tragique.
Les Étrangers reprochaient à nos drames, ils leur reprochent
encore, de manquer de spectacle et d'action. Ce reproche n'était
que sévère ; Voltaire le rendit injuste. Le talent d'enchaîner et
de multiplier les situations délicates, ou fortement théâtrales ;
l'adresse de lier la pompe du Spectacle à l'intérêt des situations
principales, et de frapper toujours les sens pour ébranler avec
plus d'empire l'imagination ; la véhémence de l'action et la
pompe du Spectacle, l'invention et la variété des Sujets,
l'éclat et la vérité des couleurs locales ; la peinture et les con-
trastes des préjugés, des lumières et des habitudes des Peuples, l'élèvent au rang des Maîtres, et le distinguent entre
ses égaux. Ce qui le distingue plus encore, c'est ce grand
caractère d'utilité morale qu'il sait imprimer à toutes ses
conceptions ; cet art sublime, dont la source était dans
son âme comme dans son génie ; de fondre la pitié dans
la terreur, la raison dans le sentiment, et de faire sortir des

*   3

situations les plus attendrissantes ou les plus sombres, les pl
consolantes. et les plus douces leçons de tolérance et d'hum
nité (1). Génie ardent et sensible qui, moins touchant qu
Racine, est quelquefois plus déchirant; qui a moins de sublin
d'élévation que Corneille, mais plus de véhémence et d'écla
et qui par des créations multipliées, par les combinaisons l
plus fortement théâtrales, et les mouvemens passionnés d'un
imagination impétueuse et brûlante, a mérité le titre glorieu
non sans doute du plus parfait des Poètes qui se sont illustr
dans la Tragédie, mais du plus tragique de nos Poètes !

Digne rival de nos grands Maîtres dans un genre où no
n'avons point de rivaux, il est encore parmi nous, non p
le premier, mais le seul Maître dans un genre plus étend
plus difficile, et qu'un préjugé universel semblait pour jama
interdire à notre Langue et à l'esprit de notre Nation. La He
riade parut : elle étonna l'Europe, elle vengea la France. To
tefois cette Épopée doit être placée loin des Modèles. On y che
cherait vainement les grandes proportions de la Jérusalem e
de l'Iliade. Trop bornée dans son plan, trop rapide, ou si l'c
veut, trop resserrée dans sa marche, elle offre des Narration
mais peu de Peintures, des Portraits plutôt que des Caractère
une Machine allégorique et peu de Merveilleux. Ce qui e
plus remarquable, le dramatique, cette partie de l'Art dà
laquelle a excellé son Auteur, est surtout ce qui manque à
Henriade.

Gardons-nous cependant d'imiter ceux qui se plaisent à
louer dans ce Poème, l'un des plus beaux monumens de
Gloire nationale, que l'élégance des détails et la pureté d

(1) Un célèbre Critique anglais qui n'est pas injuste envers Racine, n'h
site cependant pas à reconnaître dans l'Auteur d'Alzire, de Zaïre, de Méro
et de Sémiramis *le plus religieux et le plus moral de tous les Tragiques e
Monde.* Voyez la *Rhétorique* de Hugues-Blair, trente-neuvième leçon.

style. Ne nous étonnons pas surtout de l'enthousiasme qu'il fit
naître. L'Épopée manquait à la France ; un jeune Homme la
lui donnait : l'intolérance dont les excès avaient obscurci les
dernières années du règne de Louis XIV, paraissait revivre alors
dans les Actes du Ministère (1) ; cette Épopée offrait à la Nation
le plus beau Code de Tolérance et de Politique Morale dont elle
pût encore s'honorer ; Ouvrage où la Religion était peinte
à-la-fois si majestueuse et si touchante ! où sa cause était si
bien séparée de celle du Fanatisme et de l'hypocrite ambition ! où l'on ne pouvait enfin méconnaître dans de sublimes
fictions, et le Génie créateur, le véritable Génie épique ; et cette
Philosophie revêtue du coloris de l'imagination, qui ne caractérise pas moins Voltaire dans l'Épopée que dans la Tragédie.

Essaierai-je encore de saisir ce qui le caractérise le plus dans
cette seconde Épopée, où il prend tous les tons et les styles ; si pi-
quant lorsqu'il invente, si original lors même qu'il imite; prodigue
d'esprit et de pensées lorsqu'il cesse d'être riche en tableaux, et
toujours fidèle aux Grâces lorsqu'il ne blesse point la pudeur ?
D'autres compareront peut-être à la Henriade cet ouvrage où il
peint, en se jouant, mieux qu'aucun Historien, si on l'excepte,
lui-même, une époque singulière de l'Histoire, et les mœurs de
deux grandes Nations : ils diront ce que l'étendue et la vivacité
de son esprit gagnaient à suivre sans contrainte les caprices de
son imagination, et ce qu'a perdu son talent à braver trop sou-

_____

(1) Celui du duc de Bourbon.
(2) Un nouvel Art de la Guerre, de nouveaux Cieux dévoilés par Newton,
tous les progrès de la civilisation moderne, transportés dans les peintures
épiques, n'étaient-ils pas encore des innovations aussi riches que hardies,
non seulement dans notre langue, mais dans la poésie de toutes les Nations ?
Enfin ne doit-on pas avouer qu'il n'est aucune des parties de l'Art les plus
négligés dans la Henriade dont elle n'offre quelquefois des exemples ou plutôt
d'éclatans modèles ?

vent la décence, en oubliant, ce qu'il dit lui-même, que la bien
séance est une vertu. Pour moi, sans m'arrêter plus long-tems
sur ce Poème trop lu, mais non trop admiré, je me borne à signa
ler les bienfaits de son Auteur envers notre Poésie. Dans cett
même Épopée où le vers de dix syllabes, si peu noble chez le
Écrivains du règne précédent, se montre enfin si énergique, s
flexible et si varié; dans ces Discours sur l'Homme, et dans ces Épî
tres où sont exposés avec tant de charme, les leçons d'une haut
Morale, les systèmes de la Physique et les découvertes de l'As
tronomie; dans cette foule de pièces fugitives échappées à l'éton
nante facilité de son Génie, délices de tous les Gens de goût
et auxquelles rien ne ressemble, non-seulement parmi nous, mai
chez aucune Nation littéraire; enfin dans tout l'ensemble de se
Ouvrages en vers que caractérisent surtout la soudaineté du
trait, la multitude des pensées, et l'art des rapprochemens
il donne à notre Langue poétique, dans tous les genres e
dans tous les sujets, l'étendue et la clarté de son esprit, l'éclat,
la souplesse et l'agilité de son imagination active et brillante.

Déjà, vers le commencement du Siècle, on a vu Fontenelle
transporter les Sciences dans le domaine de la Littérature. Louis
Racine et surtout Voltaire, les introduisirent à leur tour dans le
champ de la Poésie. Heureuses innovations qui devaient avoir
sur les Lettres françaises une influence si étendue!

Ce Génie infatigable qui semblait vouloir épuiser tous les
genres de Poésie, s'était emparé aussi de la plupart des genres
réservés à la Prose. Il écrivit l'Histoire, d'abord, en habile disciple des Anciens (1), bientôt en Maître, et sur un nouveau
plan. Alors s'opéra cette révolution mémorable que nous avons
annoncée; alors l'Histoire ne se borna plus à la peinture des
Cours, au récit des Batailles et des intrigues des Cabinets : elle
peignit l'Esprit, les Mœurs, le caractère des Peuples; elle suivit

_____

(1) L'*Histoire de Charles XII.*

dans leur marche graduée , célébra dans leurs bienfaits, la Civilisation, les Arts et les Lumières; et devint ainsi le Tableau
des progrès de l'Esprit humain. Tel fut ce Livre sur le siècle de
Louis XIV, le plus beau panégyrique qu'on ait fait de la Nation; tel fut surtout cet Essai sur les mœurs et l'esprit de tous
les Peuples , où l'Historien philosophe rend toujours présens à
la pensée du Lecteur tous les Empires et tous les Siècles, ou jugés
séparément , ou appréciés l'un par l'autre ; interrogés sur ce qu'ils
ont fait pour la science ou pour l'erreur, pour l'infortune ou
pour le bonheur du Monde, et marqués, d'après leur témoignage,
d'un signe de gloire ou d'infamie.

Chef d'une École nouvelle comme Historien, il invente un
nouveau genre de Romans où les plus profondes questions de
Philosophie sont développées en action, égayées par ces peintures vives et saillantes, par cette plaisanterie satirique, dont
personne, mieux que lui, n'a possédé le secret. Dans ses Ouvrages
de critique, dans ses Mélanges de philosophie, il analyse et il
juge toutes les opinions et toutes les renommées. Il parcourt
les Littératures étrangères ; il transporte dans la nôtre la philosophie des Anglais, leurs lettres et leurs sciences. Il traduit
et il apprécie Pope , Addisson, Milton et Shakespeare, dont
l'existence nous était à peine connue : il naturalise en France
les Observations fécondes et l'Analyse métaphysique de Loke ,
à une époque où la France entière est encore imbue des erreurs
de Mallebranche et de Descartes : il expose avec cette clarté ,
l'une des qualités distinctives de son talent et de son esprit,
les sublimes découvertes de Newton ; lorsque Fontenelle lui-
même reste constamment attaché au parti de ses anciens Maîtres,
lorsque ce Jean Bernoulli, de tous les Géomètres de l'Europe
le mieux fait pour les apprécier , s'obstine à les combattre encore. Enfin, comme s'il voulait épuiser toutes les sortes de ser-
vices qu'un grand Écrivain peut rendre à sa Patrie, tandis qu'une
routine meurtrière arrête encore parmi nous les progrès de l'art

de guérir, il annonce, il fait adopter la méthode salutaire
l'Inoculation. Homme véritablement fait, par l'activité de s
imagination ardente, pour enflammer, pour instruire et e
traîner des Français ; Homme universel comme notre Lit
rature à l'époque où il vécut, et qui rassemble en lui seul pre
que tous les genres de gloire de son Siècle !

Dans ce siècle où la République des Lettres avait des C
toyens si puissans, il l'a transformée en un Empire ; et tou
les conquêtes ont illustré son règne, toutes les palmes o
bragé son trône. Du haut de ce trône auguste, il semble ten
les rênes de l'opinion publique en Europe. Voyez comme to
les regards sont fixés sur lui ! Les plaintes des opprimés c
leurs bénédictions, le suffrage des Nations et l'estime d
Princes, viennent le chercher de toutes parts. J'aperçois da
sa retraite des Têtes couronnées ; des Rois assez grands po
reconnaître en lui cette royauté nouvelle qui ne doit rien a
hasard. Ils viennent accorder à ce Monarque des Lettres,
tribut de l'admiration, et n'exigent pour la Puissance que
respect de l'Amitié. Des philosophes étrangers, des homm
d'Etat, des ministres, tous les talens, toutes les renommées
s'empressent d'agrandir à l'envi par leurs hommages, sa r
nommée prédominante : exemple mémorable des grandeurs e
de l'autorité du Génie, mis une fois à sa place avant sa mort

Un tel exemple, sans doute, devait exciter parmi les Ecr
vains une émulation générale : il offrait à leurs talens de nou
velles récompenses, il fit prendre à leurs travaux une nouvell
direction. Sous le règne de Louis XIV qui sut, comme tous le
Rois grands et heureux, aimer et encourager les Lettres, notr
Littérature naissante dut voir le prix et le mobile de ses efforts dan
l'estime et les bienfaits du Monarque. Sous le règne de Louis XV
qui n'avait pas les mêmes droits que son aïeul, d'aimer e
de protéger les Lettres, notre Littérature formée, et désormais
sure de sa force, trouvant partout les honneurs et une consi-

dération légitime , semble n'avoir connu pour prix et pour
mobile, que le suffrage des talens supérieurs, l'estime et l'ap-
probation publiques. Ce changement dont les effets se firent
plus ou moins sentir dans toutes les classes d'Ecrivains , permit
à la Littérature des vérités et des erreurs qui ne pouvaient appartenir à une époque antérieure. C'est ce qu'il ne faut jamais
oublier en jugeant le dix-huitième Siècle , lorsqu'on veut être
juste , et n'être rien de plus. Il fut un moment où une lettre ,
un simple éloge , un souvenir , des vers flatteurs de Voltaire ,
semblèrent encourager , protéger même contre l'envie, ou exciter les talens, avec autant de puissance et plus d'éclat encore,
que les bienfaits de ce Roi qui , dans le siècle précédent; rou-
vrait la Scène à Molière , appelait Racine à sa Cour , et répandait jusqu'au fond du Nord , sur les Arts et sur les Sciences ,
les témoignages de son estime pour tout ce qui était grand ,
sentiment qui parut en lui se confondre avec l'amour de la
gloire. La Littérature du dix-septième Siècle fut celle du règne
de Louis XIV ; la Littérature , sous Louis XV , fut celle du siècle
de Voltaire.

Cet ascendant que Voltaire avait pris sur tout son siècle dans
la plupart des objets que peut embrasser l'esprit humain , Montesquieu l'obtint en Europe sur les hommes supérieurs , dans
les matières les plus importantes. Jeune encore , il avait porté
sur toutes les Institutions humaines un coup-d'œil pénétrant et
observateur. Dans le premier de ses Ouvrages , paraissant
vouloir cacher la profondeur de ses réflexions sous le voile
d'une fiction ingénieuse , il sut mêler avec adresse à des peintures étrangères, l'examen de nos opinions sur des matières
délicates , et rarement soumises avant lui à des discussions littéraires. On permit sans peine à des voyageurs asiatiques de
se montrer peu respectueux pour quelques usages de l'Europe.
En nous divertissant par leurs préjugés , ils semblaient acquérir
le droit de se moquer un peu des nôtres ; et s'ils laissaient échap-

per des traits d'exagération , il fallait bien les pardonner à de
imaginations orientales. De fréquentes allusions rendaient cett
fiction plus piquante : et les fautes du Cabinet de Versailles
transportées dans le Conseil d'Ispahan , offraient de vives leçon
dans ce lointain favorable à la vérité , et surtout à ceux qu
la disent (1). Des peintures riantes et voluptueuses succèdan
aux dissertations politiques ou morales , et des peintures comi
ques renfermées dans le même cadre avec le tableau des Empire
et l'analyse des Gouvernemens , tout est création dans ce livr
qu'il faudrait nommer un prodige d'esprit , si ce n'était pas plu
souvent un chef-d'œuvre de génie.

A l'apparition des *Lettres Persannes*, dont le succès eut tan
d'éclat, l'on dut s'étonner , et se dire : Quel genre va choisi
cet Ecrivain qui semble fait pour les embellir tous ? Sil pein
le vice et le ridicule, c'est la verve originale de Montaigne, l
coup de pinceau de La Bruyère, le trait satirique de Pascal
s'il expose les principes d'une haute Philosophie, c'est l'éloquence du Portique, l'imagination hardie de Platon : s'i
retrace les grandes époques de l'Histoire , s'il dévoile les ressorts de la Politique , s'il pèse les droits des Peuples et les
intérêts des Rois , c'est la profondeur de Tacite , *l'énergie
de Machiavel.*

Cependant deux années de solitude et de continuelles médi-

_____

(1) Voyez , par exemple, avec quelle adresse il fait l'histoire de la Révo-
cation de l'Édit de Nantes, sans qu'une seule expression cache un moment
sa pensée ou trahisse son secret, dans la 85e Lettre , qui commence par ces
mots : « Tu sais, Mirza, que quelques ministres de Cha-Soliman avaient formé
» le dessein d'obliger tous les Arméniens de Perse de quitter le royaume ou
» de se faire Mahométans, etc. ». Usbeck expose dans cette lettre les conséquences politiques des *persécutions que les Perses ont faites aux Guèbres :*
Et , *mutato nomine , de te fabula narratur.* On n'a rien écrit depuis , non
seulement de plus ingénieux, mais de plus énergique contre *les persécutions
que les Français ont faites aux Calvinistes.*

tations produisent l'Ouvrage sur la grandeur et la décadence des Romains. Ce n'est plus dans cet Ouvrage , ni Montaigne , ni La Buyère , ce n'est plus même Tacite et Machiavel , c'est le génie le plus original qui se développe tout entier , en s'ouvrant une carrière proportionnée à sa force et à son étendue. Réunissant , non par intervalles , mais toujours, la pénétration la plus vive et l'activité de l'imagination , aux recherches laborieuses , aux réflexions persévérantes , il amasse, il ordonne , il rapproche long-tems dans sa pensée toutes les parties éparses et lointaines d'un vaste sujet , il en marque les points lumineux ; il les parcourt ensuite d'un vol d'aigle , et ne se pose que sur les hauteurs. Ne développant que les vérités fécondes ; il fait penser ce qu'il laisse à dire , *et il abrège tout , parce qu'il voit tout* (1). C'est ainsi que nous arrachant à nos siècles modernes , à nos idées de politique , de guerre et de civilisation , il met sous nos regards l'action de Rome sur l'univers , la réaction de l'univers sur Rome. Tout cet édifice de grandeur ne lui impose jamais : il a creusé autour de ses fondemens. Les accidens particuliers se montrent soumis à des causes générales. L'honneur de la conquête du monde est ôté à la fortune. Les Institutions de Rome lui soumettent l'univers. Cependant l'étendue de ses vues politiques ramène l'Historien , ou plutôt le juge des Romains, à l'histoire des tems modernes. Alors dans la cause de Rome semblent intervenir toutes les Nations. Les siècles se rapprochent des siècles : les Empires se placent en présence des Empires : il leur assigne leur rang dans la mémoire des hommes ; et , les dépouillant tour-à-tour de la splendeur des succès ou des nuages du malheur, il les montre de près , et sans voile à la Postérité.

Il avait jugé les Empires , il va leur donner des Lois. Trop

---

(1) Éloge ou plutôt Portrait de Tacite, par Montesquieu lui-même. *Esprit des Lois.*

souvent les Publicistes égarés dans ces labyrinthes des Sciences qu'on appelle des systêmes, en traçant le modèle idéal de législations possibles, avaient laissé sans boussole les législations positives. La véritable Science politique attendait encore un homme qui, rassemblant sous ses yeux toutes les Institution élevées dans les divers Ages du Monde, et retrouvant ainsi parmi les ruines des Siècles et des Empires, les fondemens légitimes de tout pacte social, posa d'une main ferme et hardie, sur ces bases éternelles, l'édifice des Gouvernemens. *Cet homme s'est rencontré*. Dans la nature des Gouvernemens il a découvert leurs principes, et de ces principes comme de leur source, il a vu découler toutes les Lois : il en a fait l'application aux besoins moraux ou physiques des peuples, et il les a partagées entre les Nations comme leur commun héritage.

Un cri d'admiration s'est élevé dans l'Europe entière. L'impulsion donnée aux esprits par Montesquieu s'est fait sentir à la fois dans les Méditations philosophiques, dans les Harangues parlementaires, dans les Actes ministériels, dans les Décrets des Princes et des Républiques. Les Nations étrangères étonnées de ne pas voir dans les Conseils de son Roi, et parmi les hommes d'État de sa patrie, celui qui répandait la lumière sur tous les Gouvernemens, se sont empressées de l'adopter par une reconnaissance patriotique : elles lui ont rendu des honneurs publics. Et le monument de l'Esprit des Lois, fixant les regards de tous les Peuples, soit dans ce calme de mort qu'amène un long despotisme, soit durant ces vives tempêtes que soufflent l'anarchie et les séditions, est resté comme un phare élevé sur l'océan des opinions humaines.

Si vous voulez apprécier Montesquieu comme Publiciste, souvenez-vous que de grands Politiques sont parvenus à l'immortalité pour avoir traité des fragmens de son Ouvrage. Parcourez toutes les Législations actuelles sur lesquelles il a influé des bords du Tage à la mer Caspienne. Jetez les yeux ur le nouveau Code dont la sagesse régit les Français. Voyez comme, en développant la pensée des Législateurs qui n'étaient plus, il a fécondé la pensée des Législateurs qui devaient naître. Voyez tous ces nobles principes dont aucun n'est étranger à aucune forme de Gouvernement, proclamés dans l'Esprit des Lois, adoptés par l'Univers, et dont l'empire consacré désormais, ne pourrait s'anéantir que par le retour de la barbarie, que ces principes eux-mêmes suffiraient pour prévenir; et pénétrés alors d'une reconnaissance respectueuse, ne vous écrierez-vous pas avec Voltaire : *Le genre humain avait perdu ses titres; Montesquieu les retrouva, et les lui rendit !*

Si vous voulez apprécier Montesquieu comme Écrivain, songez que trois grandes compositions illustrèrent son génie, et que ce furent trois créations, trois chefs-d'œuvres qui n'avaient entre eux d'autre point de ressemblance qu'une exécution supérieure. On l'accusa d'être obscur, parce que sa pensée s'enfonce quelquefois si avant dans le sujet qu'elle y demeure cachée, mais seulement pour les esprits qui n'ont pas la force de l'y suivre. Son style, plein et rapide, précipite les impressions; il réveille, dans un seul trait, une succession d'idées; ou dans une image vive et inattendue, il présente tout le résultat d'une méditation lente et profonde. C'est ainsi que ce grand Homme sait donner à notre Langue ce qu'on lui disputait le plus, la précision qui s'allie à une profondeur vaste, la variété pittoresque et l'originalité des tours qui reproduisent le caractère et le mouvement des idées. En appliquant, le premier parmi nous, le grand Art d'écrire à la Politique et à la Législation, il nous enrichit à la fois d'un nouveau genre de compositions littéraires et d'un nouveau genre de style. Mais l'influence de l'Écrivain, sans être moins générale que celle du Publiciste, a été cependant et devait être moins sensible. La même force de génie qui lui soumit tant de Disciples, lui rendait bien difficile de former d'heureux imitateurs.

Cet éloquent Génevois qui fit, à quarante ans, dans la r
blique des Lettres une incursion soudaine et hostile, y tr
dès lors établie l'autorité de Montesquieu ; mais il avait
le caractère trop d'originalité, dans le talent, trop d'e
vescence, pour n'être qu'un imitateur. Avec ce talent et ce
ractère, il fallait que J.-J. Rousseau fût Chef d'école en
losophie aussi bien qu'en éloquence. Les connaissances huma
s'agrandissaient tous les jours ; et tous les jours devenaient
vives cette ardeur pour les Sciences, cette idolâtrie pour les
lens dont la France entière était le temple. Il vient jusque
leur sanctuaire, plaider la cause de l'ignorance. La Phil
phie, comme les Sciences, secouait le joug des Autorités ;
n'admettait pour preuve que l'expérience, pour arbitre qu
raison ; il cite la raison elle-même au tribunal de la conscien
et il lui donne pour juge le sentiment intérieur.

Dans le premier de ses Discours, Ouvrage faible de com
sition, imparfait même de style, mais où brillaient déjà
intervalle des éclairs de son talent, il ne fit que dévelop
ces mêmes objections contre les Sciences qu'avait élevées
fois et victorieusement réfutées l'Auteur des Lettres Persanr
Ce qui mérite plus d'attention, et n'a pas non plus été rem
qué, Rousseau, dans toute sa Philosophie, est parti du mê
principe que l'Auteur de l'Esprit des Lois, tous deux comm
çant par établir que la formation des Sociétés a placé les homr
dans un état de guerre. Mais Montesquieu conclut de ce pr
cipe la nécessité des lois, Rousseau, leur insuffisance. Il
rut vouloir détruire ce que Montesquieu voulait édifier. On
crut du moins, et l'on se trompa. Toutes ses théories philo
phiques reposent sur cette opinion, qu'il est pour l'espèce h
maine comme pour les individus, une époque de virilité dont e
ne peut s'écarter qu'en marchant à la décrépitude. Ce fut dor
sur ce principe, non pas à l'état d'enfance, c'est à-dire à la
sauvage, mais à cette espèce de *siècle viril*, qu'il voulut r

mener , d'abord , les hommes , et il écrivit sur l'éducation ; bientôt les Gouvernemens eux-mêmes , et il écrivit sur la nature
et sur les fondemens du Pacte Social.

Ainsi , tandis que Montesquieu s'éclairant à chaque pas du
flambeau de l'expérience , se dirige constamment vers la re-
cherche des principes applicables à l'état actuel du genre humain , Rousseau paraît trop souvent s'égarer à la poursuite des
principes naturels qui , même en les supposant dévoilés , seraient
désormais parmi les hommes peu susceptibles sans doute d'une
rigoureuse application. Mais dans cette poursuite même , s'il
rencontre sur sa marche ces grandes vérités morales qui sont
de tous les tems , et ne prescriront jamais , il les agite avec toute
l'impétuosité de son ardent caractère , il les discute et les
prouve avec toute la puissance de sa dialectique inexorable ,
et il les insinue dans l'ame avec toute la persuasion de cette
sensible éloquence qui prête à la raison sévère le charme séduc-
teur de la passion.

Il voit l'enthousiasme de la vertu , les sublimes illusions de
l'honneur , et l'empire même des passions , c'est-à-dire le premier mobile , lorsqu'il est bien dirigé , de tout ce qui est grand
et généreux , menacés d'une ruine prochaine par les progrès
d'un froid égoïsme , d'une avilissante corruption de mœurs. Son
coup-d'œil juste cette fois , et profondément philosophique , lui
a fait juger qu'il était tems d'opposer aux dépravations de la
débauche les erreurs même du sentiment : et la plus orageuse
des passions s'exprime enfin dans notre prose avec cette flamme
et cette énergie qu'elle n'avait eues jusqu'alors que dans les
chefs-d'œuvres éminens de notre poésie dramatique.

Il veut ramener les hommes à la nature ; et il rappelle dans
le sein des familles les droits et les devoirs maternels. Dans les
préceptes d'éducation qu'il trace pour le premier âge , il n'est
souvent que l'interprète des philosophes qui l'ont dévancé ;

mais ce qu'ils avaient fait voir, il le fait sentir ; ce qui n'était que prouvé, il le persuade.

Les Religions sont ébranlées par des ennemis redoutables. Il se présente comme l'Apôtre de toutes les Religions, qui renferment les grands principes de la morale naturelle. Il commande la soumission en prêchant la tolérance. Il veut du moins sauver les bases universelles de l'édifice ; il les entoure à la fois de grandeur et de bienfaisance, de vénération et d'amour. Je le demande avec confiance ; quel est celui de tous les hommes qui s'est exprimé le plus dignement sur la majesté de Dieu, l'ordre de l'univers, l'ame immortelle et le prix éternel des vertus ? N'est-ce pas ce Philosophe persécuté comme un impie, parce qu'il avoit eu le malheur de naître hors du sein de l'Eglise ? Où puisait-on avant lui, les preuves de ces vérités surnaturelles de l'existence d'un être suprême, de la dignité et des devoirs de l'homme ? Dans des livres, dans la tradition, dans des faits plus ou moins contestés, dans des autorités saintes et respectables, sans doute, mais que de peuples entiers n'admettent pas. Pour lui, c'est dans le cœur même de l'homme qu'il trouve les preuves et le besoin de ces vérités primitives. Il lui apprend ses devoirs, en lui expliquant sa nature : il rend sensible à sa raison le témoignage de sa conscience.

Une morale si persuasive semblait lui ouvrir tous les cœurs, en gagnant l'estime de ceux mêmes qui donnoient peu de confiance à ses principes de Philosophie. Mais ce fut moins encore le moraliste que l'éloquent écrivain qui fit naître pour le Philosophe un si vif enthousiasme, et rallia sans peine autour de lui une foule nombreuse de disciples. Sa logique était si pressante que d'excellens esprits ont pu croire qu'elle l'avait entraîné lui-même ; elle était si captieuse qu'elle semblait quelquefois conduire de l'erreur à la vérité par une chaîne non interrompue. Plus habile encore toutefois à intéresser la passion

n'à subjuguer la raison, à l'éclairer ou à l'éblouir, ne pou-
ait-il attacher la conviction à ses idées? il savait concilier la
ersuasion à ses sentimens: fidèle en cela même à ses prin-
ipes qui, n'admettant point de perversité originelle dans le
œur humain, et supposant que les premiers mouvemens de la
ature sont toujours droits, devaient nécessairement le con-
uire à donner moins de confiance à la raison qu'au sentiment
itérieur, plus inaccessible au contact des intérêts, des besoins
t des convenances factices.

Qui jamais posséda comme lui cette logique des passions hu-
aaines, cette éloquence pénétrante où le raisonnement revêtu
'images devient, en quelque sorte, palpable à nos sens, où la
aorale animée et fondue en sentiment, porte la persuasion
ar torrens dans l'esprit et dans le cœur? Ses tours, ses mouve-
iens libres, hardis, pressés, éclatans, se précipitent l'un sur
autre, et devancent l'imagination qu'ils laissent long-tems
branlée. Dans ce tourbillon d'éloquence, il circonvient le
œur de toutes parts, il le saisit, il l'enlève, et l'entraîne à
olonté dans toutes les émotions qui l'agitent. Il passionne
idée, l'image, la parole. Son style est l'éloquence elle-même
léfinie par Cicéron, *c'est le mouvement continu de l'ame*. Son
locution hasardeuse avec prudence, prouve par sa richesse et
a nouveauté, qu'il est des hardiesses réservées à la prose
ratoire, et qui ne sont pas du domaine de la poésie. Son har-
aonie toujours soutenue, toujours nouvelle, sait imiter,
eindre, embellir avec vérité, tous les objets de la nature, tous
es mouvemens de l'imagination. Il transporte enfin dans notre
rose la perfection continue des Racines et des Boileaux; perfec-
ion qui, je l'ose dire, ne se trouve point au même degré dans
es prosateurs du règne de Louis, où la poésie, au contraire,
ut plus parfaite dans ses chefs-d'œuvres qu'elle ne l'a jamais
té depuis. Massillon, avec moins de génie que les Pascals et les
Bossuets, avait eu plus de pureté, plus d'élégance, une plus

savante correction. Après Massillon lui-même , et lorsque de
Voltaire avait donné à notre langue tant de clarté , tant
grace et de souplesse , lorsque déjà Montesquieu lui avait fa
prendre à la fois la vivacité nerveuse dans sa marche , la varié
pittoresque dans ses tours , Rousseau , qui ne posséda peut-êt
des qualités éminentes du génie que celles dont l'origine e
dans une ardente sensibilité , Rousseau qui réunit toujours l
ressources oratoires et les séductions de l'éloquence à la pe
fection de l'art d'écrire , s'est montré , par cette perfecti
même , je ne dirai pas le plus grand , mais le plus habile de n
prosateurs. Et la langue maniée avec tant de puissance et d'i
dustrie , par trois classiques si diversement supérieurs , aur
semblé désormais ne pouvoir plus rien acquérir si Buffon , d
là même époque , ne l'avait encore fait voir plus pompeu
dans ses expressions , plus constamment riche dans ses co
leurs , et parée quelquefois avec un excès de magnificence.

L'Historien de la nature en fut , dit-on , le Romancier : s
systèmes aujourd'hui sont désavoués par la Science ; mais to
jours sa noble éloquence , quoique peut-être un peu fastueus
sera citée comme modèle , et admirée par le goût : elle lui assu
un rang entre les premiers de nos Classiques. Et quelle aut
place assigner à cet homme qui peint la Nature , et dans la m
jesté de ses tableaux lui conserve l'empreinte divine qu'y lais
la main de son auteur ? En retraçant tour-à-tour , et cet oise
qui voltige sur les buissons , et ces globes lumineux qui marche
sur nos têtes , toujours égal à son sujet , toujours semblable
lui-même , en se variant toujours , il paraît mériter ce mot p
lequel on a voulu caractériser le créateur des Esprits célestes
des Vermisseaux : *il n'est ni plus grand dans les uns , ni pl.*
petit dans les autres (1). Son élévation est si naturelle , qu'o
ne le sent jamais s'élever ; il ne s'élance pas , il plane par-dess

(1) Ce mot est de Saint-Augustin : *Nec major in istis , nec minor in illis*

tous ses sujets, et semble tous les voir de la même hauteur. Il prodigue les tours de l'éloquence, sans se permettre les mouvemens oratoires ; et plein de beautés qui frappent sans surprendre, il conserve toujours un tel ensemble de style, que le feu de la composition est partout, et ne se montre nulle part, semblable à la clarté du jour également répandue dans l'espace. Supérieur aux Plines et aux Aristotes dans l'histoire des animaux, de leurs mœurs et de leur industrie, il dut cette supériorité aux circonstances, plus encore peut-être qu'à son talent. Les conquêtes d'Alexandre n'avaient soumis aux observations de son illustre précepteur que les contrées de l'Asie : et l'Univers romain ne renfermait que les trois parties de l'Ancien-Monde, très-imparfaitement connu. Au contraire, les progrès du Commerce et de la Navigation mettaient, pour ainsi dire, sous les yeux de Buffon, toute la surface du Globe. Tout concourait à rendre ses travaux plus vastes et plus faciles. Digne de les partager, un ami de ce grand peintre, le modeste Daubenton prêtait à son Génie l'appui de l'expérience et les secours de l'Étude. L'éclat de son éloquence parut aussi se réfléchir sur l'objet même de ses travaux, et leur donna un intérêt qui tournait encore à leur avantage. D'augustes Étrangers, des Rois mêmes, se montraient jaloux de concourir au succès de sa noble entreprise ; et des climats les plus divers, il recevait à-la-fois des louanges, et, ce qui vaut beaucoup mieux, des instructions, des recherches, et des matériaux nécessaires.

Le bienfait le plus signalé de Buffon envers les Sciences physiques est de leur avoir fait part de sa gloire, et de sa considération personnelle. Il les servit beaucoup par son éloquence, beaucoup par ses méditations ; il les servit encore par ses hypothèses, qui semblaient devoir les égarer. L'audace même de ses erreurs agita vivement les esprits. Dans un Siècle où les Savans ramenaient tout à l'expérience, on ne pouvait voir sans surprise le plus illustre parmi eux rétrograder vers des systèmes

* 5

qui paraîtraient appartenir à ces siècles d'imagination beauc
plus que de philosophie, où l'on dédaignait d'observer, pa
qu'il était plus facile d'inventer la Nature que de la trouv
et de construire un Monde que de le connaître. Dans les siè
dont je parle, ces erreurs d'un grand Écrivain auraient pu
venir celles de la Science elle-même, et lui être long-tems
nestes : elles ne furent qu'utiles dans un âge trop éclairé p
ne pas y démêler les germes d'un grand nombre de vérités
condes. On leur a dû peut-être cette science, jusqu'alors ig
rée ou négligée parmi nous, qui, s'efforçant de découvrir l'
primitif du Globe et ses antiques révolutions, en a fait mi
étudier l'état présent et les lois éternelles. D'ailleurs, même
supposant que l'influence de ces erreurs pouvait être co
gieuse, elle fut contrebalancée, ou plutôt détruite dès ce te
là, par une influence toute contraire. Un hasard favorable
Sciences avait rendu contemporains deux hommes qui, p
leur être également utiles, devaient paraître à la même époq
et suivre une route opposée. Tandis que le Philosophe fr
çais les rappelait à ces systèmes, faibles dédommagemens p
le Génie qui souffre à ignorer ce qu'il est impossible de sav
un Naturaliste suédois, esprit sage, étendu, philosophiq
et cependant ingénieux, les assujétissait sans retour à l'ex
rience, les soumettait à l'observation, et leur formait une
ces langues qu'on appelle *des Méthodes*, parce qu'*elles doi*
présenter, comme dans un tableau progressif, toutes les vér
successives d'une Science. Linnée fit mieux connaître la]
ture ; Buffon la fit plus aimer. Une impulsion puissante et
direction sure données en même tems des deux bouts de l'l
rope, aux Sciences naturelles, pouvaient dès-lors faire pr
sentir leurs succès dans le monde, et leurs nouveaux p
grès : progrès qui devaient être à la fois si brillans et si
pides, lorsque, par la réunion de toutes les Sciences, chac
d'elles pourrait emprunter le secours de toutes les autres ; lorsq

s'alliant toutes à l'Art d'écrire, elles en auraient reçu plus d'éclat, et, se conciliant l'intérêt général, seroient divulguées plus ou moins à toutes les classes de la Société, non-seulement par des ouvrages écrits d'un style que leurs interprètes n'avaient point connu jusqu'alors, mais dans des chaires publiques et par l'instruction orale; lorsqu'enfin appliquées à tous les Arts, à l'Agriculture et à l'Industrie, leurs résultats les moins vulgaires seraient en quelque sorte devenus le patrimoine de tous les hommes, et l'une des sources réelles de la richesse des Nations. Je ne puis m'arrêter dans ce Discours sur ces nombreuses conquêtes, mais je n'ai pas dû les oublier; puisque, surtout elles sont en partie l'ouvrage de cette première impulsion donnée à toutes les connaissances humaines par l'Esprit philosophique, par l'Éloquence, en un mot, par la Littérature qui, dans le dix-huitième Siècle, ne peut faire exclusivement le sujet d'un Tableau littéraire.

, Ce que nous venons d'observer plus particulièrement à l'égard des Sciences physiques, s'applique aux Sciences exactes, avec quelques restrictions, mais avec autant de justesse.

Les Théories de Newton, ses Découvertes qui devaient changer toute la face des Sciences, ne tardèrent pas à être adoptées dès qu'on put les mieux connaître. Déjà l'Académie des Sciences s'était concilié la confiance et le respect des Nations étrangères : et tandis que parmi ses Membres les plus célèbres, ceux-ci sous les glaces du Pôle, ceux-là sous les feux de l'Équateur, mesuraient cet arc du Méridien qui devait fixer la figure de la Terre, cette Compagnie toujours plus illustré, voyait se signaler à l'envi dans ses Concours, ouverts seulement depuis quelques années (1), les Savans les plus renommés de l'Europe, et pa-

_____

(1) Ce fut sous le règne de Louis XV, en 1722, que M. Rouillé de Meslai, conseiller au Parlement, fonda un prix annuel à l'Académie des Sciences.

M. de Caylus en fonda un à l'Académie des Belles Lettres, en 1754.

raître au milieu d'eux avec gloire une Femme française, digne d'être l'amie de Voltaire, et de commenter Newton.

Ce grand Homme, plus admiré à mesure qu'on l'examinait davantage, formait dès-lors parmi nous de dignes Élèves et un Successeur. Le Géomètre, qui dans son Traité de Dynamique, avait rapporté à un principe unique toutes les lois du mouvement, en résolvant depuis le problême de la précession des Équinoxes, faisait franchir à la Science les limites où le Génie de Newton s'était arrêté. Toutes les Sciences agrandies chaque jour par des découvertes heureuses, appliquées avec succès aux Arts mécaniques, en hâtaient le perfectionnement : et les Arts perfectionnés, en permettant d'apporter dans la construction des instrumens plus de justesse et de précision, hâtaient beaucoup à leur tour le rapide progrès des Sciences.

En expliquant les lois générales de l'Univers, Newton avait appris aux Physiciens *à n'admettre que des Théories précises et calculées* (1). Et tout ce qui est dans la Nature étendue, figure ou mouvement, fut soumis à l'apréciation rigoureuse du Calcul. Le Siècle instruit par un tel Maître, devait être celui des Découvertes sans doute, mais il devait plus encore, il devait nécessairement être celui des bonnes méthodes et des grandes applications.

Loke eut bientôt, comme Newton, ses admirateurs et ses disciples. *Comme le mécanisme de l'Univers, celui de l'entendement humain fut dévoilé* (2). Bacon dont le grand Génie pressentit et parut devancer les découvertes physiques de Newton, avait été le fondateur en Europe de la Philosophie

(1) Condorcet, *Esquisse d'un tableau historique des progrès de l'Esprit humain.*

(2) On se sert ici de l'expression consacrée par l'usage : en la prenant dans un sens trop rigoureux, l'on a quelquefois prêté à des Philosophes célèbres des opinions dangereuses qu'ils étaient bien loin de professer.

expérimentale , et le véritable Inventeur de l'Analyse de l'Esprit humain. Depuis , Loke était remonté à l'origine de nos connaissances. Il avait prouvé que toutes nos idées ne sont que le résultat des opérations de notre intelligence sur nos sensations ou sur leurs souvenirs. Il avait démontré quelle est la nature des vérités accessibles à cette même intelligence ; ce qui lui est possible de connaître, et ce qu'elle est forcée d'ignorer. Pénétrant, après lui, plus avant dans la route qu'il avait ouverte, mais non pas entièrement frayée , Condillac expose avec clarté , avec précision , avec étendue , ce qu'avait découvert son Maître , et ce qu'il lui avait appris à découvrir. Il trace le Tableau généalogique des idées , il en fait voir la filiation , il les représente dans ses analyses sous des formes aussi distinctes que celles des objets qui frappent les sens. Il apprécie l'influence du langage sur la justesse des pensées : et lorsqu'il n'exagère point les conséquences de ses principes, il donne à la Langue française cette exactitude rigoureuse dont le modèle n'existait nulle part. En dévoilant tout l'artifice des opérations de l'entendement, il enseigne à les diriger toutes conformément à nos facultés. Dès-lors, sa méthode analytique devient générale : il l'applique avec succès à l'Art de penser , à l'Art de raisonner , à l'Histoire, à l'Économie politique, à l'Astronomie elle-même et à la Science des calculs. D'autres imitent son exemple. Et les procédés des Arts ; comme les Théories et les Observations des Sciences physiques , reçoivent plus de précision de cette méthode qui est celle de l'Esprit humain.

L'Analyse des sensations et des idées conduisit surtout à l'Analyse de leurs signes , ou du langage. Le même Condillac, Duclos , et ce Dumarsais si éminemment doué du caractère et de l'esprit philosophique , en soumettant à des vues générales les principes isolés de la Grammaire, exécutèrent enfin avec justesse ce que les Écrivains de Port-Royal avaient heureusement tenté. De l'examen des principes et du mécanisme des

langues, l'esprit d'Analyse s'introduisit dans la critique raisonnée des préceptes du goût. Alors parurent divers ouvrages
où ces préceptes particuliers étaient réunis et coordonnés en
un système général , où les beautés et les défauts des grands
Maîtres étaient discutés d'après des principes méthodiques, et
décomposés, pour ainsi dire, avec une sorte de précision ana-
tomique, quelquefois trop rigoureuse : genre d'écrits estimable
et utile , presque totalement inconnu au grand Siècle de
Louis XIV qui, riche jusqu'à l'opulence, mais ne calculant
pas ses richesses , eut plus de talent que de lumières (1) et laissa
moins de préceptes que d'exemples.

Durant tout le cours du dix-huitième Siècle, au contraire , les
Écrivains les plus habiles se sont empressés d'initier la Nation
dans les secrets de leur art. Jamais on ne prit tant de soins
pour conserver la pureté de la langue et celle du goût;
jamais on ne mit tant de zèle à répandre les saines Doctrines.
Et les ouvrages critiques de Voltaire, l'Essai sur les Éloges de
Thomas, le Lycée de La Harpe, l'Art d'écrire de Condillac,
les Élémens de Littérature de Marmontel , et quelques autres
écrits, fruits de diverses plumes célèbres, assurent à ce Siècle
dans la Rhétorique et dans la Critique littéraire, une immense
supériorité.

Tandis que des genres nouveaux, ou du moins devenus tels par
la manière de les traiter, agrandissaient ainsi notre Littérature,
on était loin de négliger ceux qui l'avaient déjà illustrée. L'érudition même, (dont les progrès ont été moins remarqués à cette
Époque, parce que l'importance des résultats faisait souvent
oublier l'immensité des recherches), s'enrichissait chaque jour
des découvertes fécondes , et des discussions souvent lumineuses
des de Guignes , des Foncemagnes, des Saintes Palayes , et

(1) Siècle de grands talens bien plus que de lumières.
VOLT.

surtout de ce Fréret plus célèbre , parce qu'avec autant de connaissances, il a eu plus de lumières ; de ce Fréret, qui remontant
le cours des vieux âges , et guidé dans ce labyrinthe par le fil
d'un septicisme raisonné , osa tenter de débrouiller tous les
détours de l'ancienne Chronologie.

Cependant, une Société religieuse et savante , qui possédait
alors dans son sein l'Auteur de l'*Antiquité expliquée* , l'infatigable Montfaucon , poursuivoit avec son ardeur accoutumée ses
nombreux et utiles Travaux. Je veux parler de cette Congrégation
de Saint-Maur, dont les volumineux écrits rempliraient seuls
une bibliothèque , et qui fut , parmi nous, la source de toute
érudition profonde , comme la respectable École de Port-Royal
l'a été de toutes les bonnes études.

L'Académie des Belles-Lettres, devenue si supérieure à elle-
même et au but de son Institution , avait commencé, dès les
premières années du siècle (1), la publication de ses Mémoires,
aujourd'hui si répandus en Europe , cités par les Érudits de
toutes les Nations , et qui jettent un si grand jour sur les Antiquités Historiques. Celles de la Grèce et de Rome, il est vrai,
avaient été plus ou moins éclaircies : mais un voile épais couvrait
encore les Antiquités Asiatiques. On vit naître alors une nouvelle Érudition, qui eut pour objet de lever ce voile. Et cette
Érudition nouvelle, partageant l'impulsion donnée dans ce
siècle à toutes les Études, fournit des matériaux immenses à ce
nouveau genre d'Histoire qui, caractérisant l'Esprit humain
chez tous les Peuples et dans tous les tems, a pour but principal
de retracer l'Édifice écroulé des Institutions , des Mœurs et des
Croyances. Alors l'Érudit et l'Historien associant leurs travaux,
furent, l'un, comme l'habile ouvrier qui , d'après les éminences
du sol, découvrirait une ville ensevelie, en mettrait au jour les
décombres, des Socles, des Chapiteaux, des Colonnes tronquées

_____

(1) En 1717.

et des débris de Portique ; l'autre, comme le savant Architec
qui, plaçant ces débris dans leur ordre, assemblant les res
épars du Portique, relevant la Colonne sur sa base, jugera
d'après leurs dimensions, de la proportion des Édifices, de
disposition même des rues ; et, suppléant par l'analogie a
Monumens encore enfouis, tenterait de donner l'ancien plan
cette Ville brisée et perdue.

C'était ainsi que tous les genres de Littérature, mais pl
encore toutes les Sciences, se prêtaient, dès cette époque,
riche et mutuel secours. A force de s'agrandir, elles s'étaien
pour ainsi dire, touchées ; devenues enfin si vastes par tant
développemens successifs, que pour embrasser completteme
l'une d'elles, il falloit emprunter quelque chose à presque tou
les autres. Alors naquit l'Encyclopédie.

Deux Hommes dont l'esprit étendu avait embrassé toutes l
Sciences, frappés de cette étroite chaîne dont ils les voyaie
unies, formèrent le hardi projet de les rassembler toutes da
un même ouvrage, éternel et immense dépôt des connaissanc
et des erreurs humaines. L'un était ce d'Alembert qui démont
le premier, par des calculs rigoureux, la théorie de la gravit
tion, et qui prononça les Éloges de Massillon et de Boileau
immortel par le Discours préliminaire de l'Encyclopédie, où
traça le modèle de cet étonnant Édifice tel qu'il aurait dû êtr
et ne fut pas élevé. L'autre était ce Diderot qu'une imaginatio
fougueuse entraîna dans plusieurs écarts, mais qui, égaleme
versé dans les systêmes des Sciences et dans les procédés des Art
étonne par le nombre de ses connoissances, par leur prodigieus
variété, penseur fécond, quelquefois obscur, dont la tête ar
dente et profonde semblait contenir toute entière cette même
Encyclopédie, commencée sur un plan si riche, et proportionn
au sujet. Plan trop étendu sans doute pour être dignement
rempli d'un seul jet, et, dans toutes ses parties ; ouvrage où tro
de mains travaillèrent, mais qui, par sa nature même, doit s

perfectionner d'âge en âge, et dont l'utilité réelle ne saurait être révoquée en doute par les hommes assez instruits pour savoir combien d'Inventions, de Méthodes utiles se sont perdues par trait de tems, qui se seraient conservées dans un Recueil de ce genre : Monument de gloire pour l'époque à laquelle il fut élevé, puisque, dans l'énumération qu'il renferme des découvertes de l'Esprit humain, celles de cette même époque tiennent une place honorable : monument caractéristique de l'esprit de ce siècle universel, et dont la seule entreprise suffirait pour le distinguer entre tous les âges célèbres. Il ne fallut point de cartes aux Navigateurs, tant qu'ils se bornèrent à parcourir les côtes de nos mers européennes ; mais elles leur devinrent nécessaires quand, par-delà les Colonnes d'Alcide, s'ouvrit un vaste Océan dont ils allaient explorer les Continens et les Iles. Voïlà l'image des progrès et de l'état des Sciences au dix-huitième Siècle. L'Encyclopédie devait être, elle sera peut-être un jour, la Carte nautique de cet immense Océan des Sciences humaines, où il restera toujours des découvertes à faire, et de nouvelles routes à tracer : l'Encyclopédie, dès sa naissance, parut ajouter encore à cette ardeur pour les Études profondes, à cet amour de la vérité, à ce zèle pour les lumières et pour l'utilité publique, qui étaient alors les mobiles connus de la Littérature entière.

Ici se présente à nos regards un spectacle tel que n'en offrirent aucun siècle, aucune littérature. Ce ne sont pas quelques Sages s'appliquant dans la retraite à multiplier leurs connaissances, à éclairer leur raison ; c'est une Nation entière qui se livre à toutes les études, accumule tous les succès. Ce ne sont pas quelques Princes favorisant la flatterie en récompensant les arts souvent introduits dans les cours sous le sauf-conduit de la louange, et payés pour prendre la livrée du maître ; c'est une Nation entière qui protège tous les arts. Ce ne sont pas quelques honneurs passagers, individuels, accordés par la puissance, obtenus par la faveur ; c'est une nouvelle Noblesse proclamée

*   6

par tout un peuple , la Noblesse des talens ; c'est une nouvel
dignité reconnue par tout un peuple , la dignité du génie ; c'e
un empire nouveau , celui de la raison et des lumières.

Cette admiration pour les talens , cette activité des esprits,
propagent dans la France entière. On dirait à son enthou
siasme , que la Nation est assemblée pour discuter ses intérê
les plus chers ; et les grands Ecrivains de cette époque se pr
sentent à l'imagination comme des Orateurs introduits dans so
sein , moins pour obtenir ses suffrages que pour éclairer s
discussions.

C'est devant ce concours de la Nation que Buffon dérou
l'histoire de l'Homme et de la Nature ; que Voltaire peint
génie et le caractère des Peuples ; que Montesquieu révèle
pensée et fixe les devoirs des Législateurs ; que Rousseau dévoi
le cœur de l'homme , et proclame les principes d'une mora
éternelle.

Un autre , écrivant l'histoire des établissemens européens e
Asie et dans le Nouveau-Monde , attire sur ses travaux l'a
tention intéressée de toutes les Puissances maritimes et con
merciales (1). Un autre , empruntant la voix d'un illustre C
toyen d'Athènes , montre dans les seuls principes d'une mora
raisonnée , les véritables ressorts d'un sage Gouvernement (2

_____

(1) Raynal justement célèbre, non pour de vaines déclamations condam
nées par le goût comme par la sagesse, mais pour ses recherches toujou
profondes et ses vues souvent lumineuses.

(2) Les *Entretiens de Phocion*, par Mably, le plus loué, mais non p
selon moi, le meilleur de ses ouvrages.

Les *Obsesvations sur l'Histoire de France* me paraissent , je l'avoue, fo
supérieures , et le véritable titre de Mably à une gloire durable. Il y a dan
ce livre des connaissances et, ce qui vaut mieux, des lumières. Nul enco
n'a répandu plus de jour sur les origines et les révolutions de nos institu
tions monarchiques. Ses réflexions sur les règnes où la prérogative royale

Un autre, plus entreprenant, cherche dans un ouvrage sur l'Esprit humain, des bases universelles et constantes à la Morale elle-même et à la Législation (1). D'autres enfin appellent l'attention de tous les hommes éclairés et la vigilance du Gouvernement sur l'industrie, sur le commerce, et plus encore sur l'agriculture, trop négligée par Colbert. Ils remontent à toutes les sources de la richesse des Nations, préparent dans nos finances des réformes salutaires, autorisent dans leur siècle de passagères erreurs, et laissent à la postérité des bienfaits durables.

Unissant donc leurs efforts, consacrant leurs veilles à l'étude générale de la Nature, de l'Homme, de la Morale, de l'Administration ou des Lois, tous ces Ecrivains philosophes semblaient se proposer un but plus utile que la fortune, plus grand que la renommée. Ainsi passa dans leurs mains le Sceptre de l'opinion publique. Une Nation passionnée pour la gloire et pour les plaisirs, sembla l'offrir par acclamation à ceux qui faisaient alors et ses plus nobles plaisirs, et sa plus éclatante, ou plutôt son unique gloire.

Tandis que ce Peuple sensible et grand, fait pour tous les genres de triomphes, mais alors retenu par une Administration faible, trop au-dessous de lui-même et de ses destinées, n'éprouvait plus que des revers, ses Philosophes, ses Ecrivains,

---

puis le plus d'accroissement, ne sont pas indignes, malgré quelques erreurs, d'être méditées par les Philosophes et par les Hommes d'État.

(1) Helvétius. Heureux si, dans l'Ouvrage célèbre où il développe avec éclat des vérités très-fécondes, il n'avait pas revêtu d'un style ingénieux et rapide une doctrine désolante ou du moins de funestes erreurs ! Comment cette ame noble et généreuse a-t-elle donc paru confondre l'amour de soi-même et l'égoïsme ? Pourquoi, donnant pour mobile aux actions humaines l'intérêt, cet homme dont la vie fut toujours pure, n'a-t-il pas su démêler en lui-même cet *intérêt moral* sans lequel on n'expliquera jamais une conduite vertueuse ? Ses actions ont réfuté son Livre; il s'était calomnié.

conservaient et agrandissaient encore en Europe sa réputati
que ses Généraux et ses Ministres semblaient devoir avilir.
donnant tant de splendeur à son existence nationale, ils e
bellissaient aussi les jours de son existence civile. Ils avai
fait de Paris la véritable Métropole des lettres, des conn
sances humaines; et les hommes instruits, les savans dans
genres les plus divers, qui venaient de toutes les parties
Monde étudier dans son sein la Philosophie et les arts, s'y tr
vaient tous dans leur patrie.

Le Théâtre offrait à leurs yeux les plus ravissans spectac
La révolution que le génie de Voltaire avait faite dans le Poè
tragique, le talent des le Kains, des Clairons et des Dumes
l'opérait dans sa représentation. Ils y mettaient plus d'actio
d'éclat et de véhémence. La vérité de leur jeu, leur déclar
tion savante, faisaient paraître dans tout leur lustre les che
d'œuvres de ce grand Maître, et savaient encore embellir d'a
tres ouvrages inférieurs sans doute, mais bien supérieurs
moins aux drames long-tems fameux, de tous ces tragiqu
efféminés, qui dans le siècle même de Racine, avaient e
se disputer les débris de son héritage. Lefranc voyait se mul
plier les représentations de Didon; Saurin, de Spartacus; I
mierre, d'Hypermnestre; Dubelloy, du Siége de Calais;
Harpe écrivait Mélanie; et Guimond de la Touche deven
célèbre par le succès de la seule Iphigénie en Tauride.

L'étranger qui venait dans nos murs chercher des lumières
des plaisirs, passait il de ces spectacles enchanteurs dans nos c
cles alors célèbres, il y trouvait encore la Littérature et les Art
des gens de lettres qui possédaient les agrémens, l'urbanité
l'homme du monde; des gens du monde et des femmes même,
qui l'on reconnoissait l'habitude de réfléchir et le goût raisonné
l'homme de lettres. Ces études, ces lumières brillaient dans to
les entretiens, animaient toutes les réunions. La célébrité d'u
bon ouvrage en devançait la publication; ses lectures étaient d

fêtes ; son apparition un événement public. Chaque jour voyait s'ouvrir de nouvelles Sociétés littéraires, se former de nouveaux établissemens favorables au progrès des connaissances humaines. Il semblait que l'amour-propre de la Nation ne trouvant point alors d'alimens dans les faits d'armes et dans les événemens de la Politique, se fût retranché tout entier dans les succès de la Littérature.

Bien au-dessus de toutes ces réunions, qui cependant méritent un souvenir, l'Académie Française, environnée de la considération publique, brillait depuis le milieu du Siècle, d'un éclat qu'elle n'avait jamais eu auparavant, lors même que sous le règne de Louis, elle possédait les Bossuets et les Fénélons, les Corneilles et les Racines. Ses séances, long-tems désertes, étaient devenues en quelque sorte un spectacle national, qui rappelait, sans les égaler, les solennités littéraires de la Grèce. Les discours de réception ne se bornoient plus à un vain protocole de louanges et de remercîmens. Des questions utiles aux lettres ou à la Philosophie s'y trouvaient quelquefois traitées avec autant de justesse que d'élégance. On abandonnait dans les concours ces dissertations oiseuses sur la Morale, patrimoine héréditaire des Rhéteurs. On proposait à l'émulation publique les éloges des grands hommes qui avaient honoré la Patrie. Les sujets vraiment oratoires font naître les Orateurs. C'est peut-être à cette heureuse innovation que nous devons le panégyriste de Descartes et de Marc-Aurèle. Nous lui devons du moins l'*Essai sur les Eloges*, ouvrage trop peu vanté, où les causes de la grandeur et de la décadence des lettres, considérées chez tous les Peuples dans leur rapport avec les événemens politiques, sont quelquefois pénétrées avec une supériorité de raison, exposées avec un éclat et une énergie de style qui décèlent un heureux disciple de Tacite et de Montesquieu ; chef-d'œuvre d'un Orateur en qui tant de gens affectent de méconnaître un esprit vigoureux, une ame élevée ; et qui doit en effet, trouver à ce double titre, plus de censeurs que de rivaux.

L'exemple donné par l'Académie française ne tarda pas à être suivi de toutes les Sociétés savantes. L'Éloge de Corneille fut proposé à Rouen, comme l'Éloge de Duquesne à Marseille, l'Éloge de Leibnitz à Berlin, où un Français remporta le prix. Et l'Éloquence académique, long-tems accusée de n'avoir aucun objet, acquit un intérêt patriotique, une considération légitime, dès lors qu'on la vit appelée à faire dans l'éloge de nos grands Hommes le panégyrique de la Nation.

L'Éloquence judiciaire dont on a vu les progrès au commencement du siécle, en s'alliant depuis à la Philosophie, en avait reçu plus d'intérêt, plus de force et de grandeur. Chaque fois que dans les Cours du Royaume il se présentait une de ces questions principales dont la solution importe à l'ordre des sociétés humaines, et qui permettent les vues générales, elles y trouvaient à la fois des talens faits pour les agiter, une sagesse capable de les résoudre. MM. de Montclar à Aix, Dupaty à Bordeaux, Lachalotais à Rennes, et surtout l'Avocat-général au Parlement de Grenoble, M. Servan, faisaient alors entendre dans le sanctuaire de nos Lois, des harangues dignes par leur philosophie du siécle où elles étaient prononcées, dignes par leur éloquence du barreau d'Athènes ou de Rome, et qui semblaient présager ce que devait être parmi nous l'éloquence politique, quand des événemens prochains, mais imprévus, viendraient en ouvrir la carrière.

Avant même qu'elle se fût agrandie par ces dernières conquêtes, l'Éloquence avait brillé d'un tel lustre dans les grands Maîtres de ce siécle, elle avait exprimé les passions avec tant de charme et d'énergie, elle avait peint la nature avec tant de grace et de fierté, qu'elle était enfin devenue un objet d'émulation pour la Poésie elle-même, et devait à son tour influer sur cet art difficile et sublime qui, dans toutes les littératures, commence par la devancer, et finit quelquefois par la suivre.

Notre Poésie, qui s'est formée principalement au théâtre,

abondante en traits de sentimens, et en expressions morales, était loin d'être aussi féconde en images et en tour-
nures pittoresques. Mais lorsque la Prose française se fut
montrée sous les pinceaux de Buffon et de J. J. Rousseau, si
hardie et si vraie dans ses peintures, si riche dans ses couleurs,
alors on dut éprouver la noble ambition de transporter dans la
Poésie ces peintures dont le dessin était tracé, ces couleurs
qu'on trouvait, pour ainsi dire, toutes préparées et assorties
sur la palette de ces grands Peintres. L'amour des Sciences plus
répandu parmi les Hommes de Lettres, dut aussi faire univer-
sellement adopter l'exemple donné par Voltaire d'associer les
images de la Poésie aux grandes idées de la Physique. Enfin
la connaissance des Poètes anglais que ce grand Homme nous
avait apportée de son voyage dans leur île, devait attirer l'attention de nos Poètes sur les scènes de la vie champêtre et les
grands tableaux de la nature. De ces trois causes réunies naquit
un goût général pour les descriptions poétiques. De même que
Newton et Loke, Thompson eut ses imitateurs. Malheureusement il n'y avait à imiter dans Thompson que des détails, et
l'on voulut encore imiter sa composition ; et au lieu de se
borner à répandre plus de descriptions dans les poèmes, plus
de coloris dans les descriptions, d'une suite de descriptions on
voulut faire un nouveau genre de poème : c'est ce qu'on a depuis
si improprement appelé *le Poème descriptif.* Comme s'il
pouvait y avoir une sorte de poème où l'on dût ne décrire
jamais ? Comme s'il devait en être une où il fallût décrire
toujours ?

L'action imprime aux compositions épiques ce caractère
d'unité que doivent avoir les diverses parties d'un même tout.
Dans le poème didactique, les préceptes remplacent l'action ;
ils ont leur suite comme elle a sa marche : ils exigent un plan
et un but. Mais quand on ne veut que décrire, on s'accoutume
à tracer des tableaux sans cadre, et le plan est compté pour

riéñ. Dans cette suite de peintures qui, n'étant point dirigées
vers un but principal, ne sauraient être bien coordonnées
entre elles, les préparations deviennent moins nécessaires et
plus difficiles, et les transitions se réduisent à des arrangemens
de mots : alors les détails s'enrichissent, et l'art de la composition dépérit toujours plus. On ne s'en tient pas là long-tems·
Comme on n'a, pour attacher le lecteur, ni l'intérêt de l'action,
ni l'utilité des Préceptes, son attention, qu'on ne peut fixer par
l'ensemble, on veut l'attirer du moins sur chaque détail : ainsi
le goût des détails même se corrompt : il faut sans cesse surprendre, éblouir ; on court après les effets ; on tourmente sa pensée,
ses tours, ses images ; on change la grâce en afféterie, et l'on
brillante ses couleurs.

Telles sont les suites malheureuses que pourrait avoir, parmi
nous, la *Poésie descriptive*, si l'on continuait à s'y livrer aveu-
glement. Mais avant de dégénérer à ce point, elle aura fécondé
notre langue poétique ; elle aura préparé des couleurs à celui
qui, réunissant la Poésie morale telle qu'elle est dans nos grands
maîtres, à la Poésie descriptive telle qu'elle aurait dû toujours
être chez leurs successeurs, osera tenter encore un nouveau
Poëme épique dans cette langue énergique et pompeuse, mais
qui peut-être n'avait pas encore essayé toutes ses forces quand
le génie de Voltaire l'enrichit d'une Épopée. J'ose du moins
affirmer que les amis de la gloire nationale ne parleront jamais
sans reconnaissance d'un genre à qui notre Littérature doit ce
Poëme *des Saisons*, où les images physiques, il est vrai, s'unis-
sent aux idées morales, et quelques autres Poëmes *descriptifs* si
l'on veut, mais auxquels l'adresse des poëtes a su conserver souvent le caractère didactique.

L'époque de cette révolution dans notre langage poétique
remonte à une traduction célèbre, qu'il ne m'est pas permis de
louer, mais que je ne puis passer sous silence, puisqu'elle tient
le premier rang parmi les Productions de ce genre difficile, et

dont la gloire appartient sans partage au dix-huitième Siècle. Les grands Écrivains du règne de Louis, satisfaits d'imiter les Anciens dans des ouvrages de génie, abandonnaient à des mains vulgaires la tâche moins profitable de les traduire ; et des savans, plus laborieux qu'habiles, fidèles au sens de l'original sans l'être jamais à son caractère, en reproduisant sa pensée, ne songeaient pas même à reproduire son style, ses tours, son harmonie, ses images, enfin tout ce qui imprime à la pensée le genre d'esprit de l'auteur. Ils translataient du même ton les Épigrammes de Catulle et les Cathégories d'Aristote. Dans le dix-huitième siècle, au contaire, les talens les plus distingués n'ont pas dédaigné le travail des traductions. On s'est pénétré de l'esprit de son modèle ; la grâce a lutté contre la grâce, et l'énergie contre l'énergie. Les Poètes, les Philosophes, les Historiens de l'Antiquité, ont trouvé des interprètes fidèles : et les meilleurs Écrivains modernes ont été traduits dans notre langue, sans perdre le caractère qu'ils avaient su donner à la leur.

Si la France s'enrichissait alors des livres les plus estimables dont se glorifiait l'Europe, la France, à son tour, enrichissait l'Europe, non-seulement de ses Livres, traduits dans toutes les langues, mais de sa langue elle-même et de sa Littérature, qu'on voyait, pour ainsi dire, y fonder des colonies. C'est une distinction bien honorable au dix-huitième siècle, qu'on ne puisse achever le Tableau de la Littérature française à cette époque, sans porter ses regards hors de la France. On sait quels ouvrages français ont illustré des plumes étrangères. Quand je pourrais oublier parmi eux, le meilleur Comique de l'Italie, ce Goldoni, qui parut avec honneur sur notre Scène après avoir enrichi et réformé celle de sa Nation ; quand je pourrais oublier le savant M. de Paw, et ses Recherches profondes sur l'Amérique, sur la Chine, sur les Égyptiens et les Grecs ; pourrais-je oublier aussi ce Roi conquérant et législateur, qui parut vouloir mettre au rang de ses conquêtes notre esprit, notre goût et

nos Arts ; qui ambitionna sur le Trône, l'honneur de se placer
au rang de nos Poètes, et confia lui-même les Annales de sa
maison à notre langue, comme à la plus digne de les conserver ? Oublierais-je q'uaux bords de la Newa, une Impératrice
fameuse par un règne aussi long qu'éclatant, voulut coopérer
elle-même à la traduction de nos ouvrages célèbres qu'on avait
entreprise par ses ordres ? L'admiration pour nos grands Écrivains devenait universelle comme notre Littérature. Les Rois se
plaisaient à correspondre avec eux dans leur langue : ils les
appelaient dans leurs Etats comme autrefois Philippe avait appelé à sa Cour le Précepteur d'Alexandre, pour y présider à
l'éducation de l'Héritier de leur Couronne. Ils leur offraient
de l'estime, des richesses et des honneurs ; et quand ces
Hommes généreux ne voulaient accepter que l'estime, les Rois
se montraient assez justes pour ne pas s'étonner de leur
refus.

Ils les honoraient davantage en adoptant leurs principes,
en puisant dans leurs maximes des bienfaits pour l'humanité.
La servitude abolie en Dannemark par Christian VII et son vertueux Ministre Bernstorff ; la Tolérance proclamée à-la-fois à
Stockholm et à Pétersbourg ; la Législation criminelle adoucie
et sagement réformée dans le Nord, et dans cette Italie où la
Philosophie de Montesquieu avait trouvé pour disciples les
Beccarias et les Filangeris ; voilà, sans doute, les plus flatteurs ;
voilà les plus dignes hommages rendus aux Lettres françaises,
et souvent renouvelés dans ce siècle où le Génie de nos Écrivains politiques parut en quelque sorte siéger dans les Diètes
Européennes et dans les Conseils des Rois.

On voyait renaître ces jours de l'antiquité où les Peuples
confiaient à des sages étrangers l'édifice de la Législation nationale. Un Peuple voisin, long-tems asservi, secoue le joug
de ses vainqueurs ; il veut se donner une Constitution et des
Lois ; et il les demande à un Philosophe français : une Nation

généreuse se rend indépendante dans le Nouveau-Monde ; elle
veut se donner une Constitution et des Lois ; et elle les demande
à un Philosophe français. Partout s'établissent des Académies
françaises, partout des Théâtres français. Un Traité se conclut
dans les glaces du Nord, entre le Successeur des Sultans et
l'Héritière des Czars, et ce Traité se rédige en français. Enfin
une Académie étrangère propose pour sujet d'un concours
l'*universalité de la Langue française*, et elle couronne un
Français. Quelle fut jamais la Nation qui reçut tant de gloire
de sa Littérature ? Quel fut jamais le siècle illustre qui lui attira
tant d'honneurs ?

Si nous portons nos regards sur les âges fameux de l'Antiquité, nous y voyons les lumières soumises, en quelque sorte,
à la division géographique des États. Les institutions même
de ces peuples, leur fanatisme politique, ne leur permettaient
point d'assigner pour but à leur travaux le bonheur du genre
humain, ni d'étendre leurs affections à toute la famille des
hommes. Comme leurs vertus n'étaient que patriotiques, leur
littérature ne fut que nationale. Ils semblaient voir dans les
bienfaits de la Philosophie et des Arts un des droits exclusifs de
la Cité : autour d'eux tout était barbare.

Chez les Modernes, au contraire, des découvertes sublimes ont
rendu accessible à tous les peuples la noble carrière des Lettres
et de la Civilisation. Dès-là ces peuples, si souvent divisés par la
politique et par les armes, ont tendu constamment à s'unir
dans la culture des Arts, et à ne plus former enfin qu'une République des Lettres où circuleraient sans cesse, en se multipliant
par la circulation, toutes les richesses de l'esprit et de la raison
humaine. Il fut donné au dix-huitième Siècle d'achever ce magnifique ouvrage. Une Littérature où se trouvaient discutés les droits
et les devoirs de tous les hommes devait être adoptée par le genre
humain. Elle a fait de l'Europe entière l'immense Patrie des
Arts, de la Civilisation et du Génie.

Il fallait à cette Patrie universelle des Lettres , une Langue commune à tous ses citoyens. Long-tems tous les Savans de l'Europe n'écrivirent qu'en Langue Latine. Cet usage utile pour eux, et qui les rendait tous en quelque sorte compatriotes, était loin d'être aussi favorable à l'instruction du reste des Lecteurs. Il devait empêcher les Sciences de s'introduire dans le monde, de descendre à tous les rangs de la société : et s'il avait été suivi plus long-tems, il eût séparé les hommes en deux classes, dont l'une aurait pu tout apprendre, et l'autre aurait été forcée de presque tout ignorer. La Langue Française, devenue, pour ainsi dire, chez tous les peuples, langue usuelle pour les hommes dont l'éducation avait été cultivée, sans avoir les inconvéniens de l'idiôme scientifique, pouvait en réunir les plus grands avantages : elle le pouvait surtout à une époque où il ne se faisait pas en Europe une seule découverte vraiment remarquable, qui ne fût aussitôt expliquée et développée dans notre Langue; à une époque où les Sciences, parées des charmes du style, enrichies parmi nous de découvertes nouvelles et d'heureuses théories, ou habilement appliquées aux Arts, s'embellissaient, se fécondaient ou devenaient plus utiles, sous la plume des disciples de Buffon, sous le compas des rivaux de d'Alèmbert, dans les amphithéâtres ou dans les laboratoires des émules de Daubenton et de Lavoisier.

Tel était l'état des Sciences et des Lettres en France, quand éclata la révolution. . . . . A ce mot un profond silence semble interroger l'Orateur. Va-t-il lui-même répondre par le silence ? Quelle fut sur cette révolution, qui devait renouveler la face du monde, l'influence des Lettres et de la Philosophie? Loin de ces jours orageux de succès et d'infortunes célèbres, une postérité reculée pourra seule y porter des regards libres de passion et de crainte. Voyant dans les méditations de quelques hommes de génie des siècles d'événemens, elle se dira sans doute : La ruine des institutions vieillies de nos pères

était devenue inévitable ; elle aurait produit les mêmes agitations sans le progrès des lumières : mais sans le progrès des
lumières, aurait-elle jamais eu pour dernier résultat d'extirper
dans l'Europe entière les plus profondes racines de la servitude féodale, et d'effacer les vestiges de l'antique barbarie ?
Mais surtout elle se dira : c'est le prodige de notre Patrie,
que, durant la révolution la plus tumultueuse et la plus féconde en vicissitudes, les palmes de la Littérature n'aient pas
été brisées par l'orage, et séchées jusques dans leurs racines !

Elles ont continué de croître ; de nouveaux succès ont encore enrichi cette Littérature si vaste ; mais ce n'est point à
moi d'en rappeler le souvenir. Le lieu où je parle m'impose
une contrainte qui a dû se faire sentir dans toute cette peinture de la dernière moitié du dix-huitième Siècle. Ce tableau,
pour être complet, devait n'être pas offert à mes juges, assez
généreux pour s'en exclure eux-mêmes en y attachant un prix.
Cette exclusion en exige une autre ; je ne ferai paraître dans ce
Discours aucun de ceux qui, vivans encore, pourraient y porter
leurs regards.

La peinture de cette époque est réservée à des pinceaux plus
habiles. A la voix d'un Prince ami des Lettres, s'élève ce beau
Monument où seront marqués tous les pas que les Sciences et
les Arts ont encore faits de nos jours. C'est là que la justice
et la vérité sauront suppléer à ce que je n'ai pu dire. Pour
moi, ma tâche est remplie ; ce tableau que j'ai dû tracer, le
voilà ; je l'ai peint sans fiel et sans flatterie (1).

Portons maintenant nos regards sur son ensemble. Cherchons
dans le dix-huitième Siècle, non plus les grands Hommes qu'il
vit naître, mais les progrès réels et nombreux des Lettres et
de l'Esprit humain durant cette époque brillante. La Poésie doit
d'abord attirer notre attention ; elle peut se considérer chez

(1) *Sine irâ et studio.*
TAC.

tous les peuples comme l'aurore de la Littérature. Son éclat
est souvent momentané : souvent on le voit pâlir à mesure que
l'horizon s'agrandit et s'éclaire. Mais quel horizon plus vaste et
plus lumineux que celui des connaissances humaines au dix-
huitième Siècle ! et cependant quel éclat! quelle richesse de
poésie ! Si l'on excepte la Fable, et même la Comédie, trop
évidemment déchues dans ce siècle, quoiqu'elles puissent encore y revendiquer des chefs-d'œuvres, tous les genres traités
avec gloire sous le règne de Louis XIV, se sont maintenus à
une grande hauteur dans des ouvrages du règne suivant ; et
deux genres très-élevés qui manquaient au dix-septième Siècle
ont puissamment concouru à illustrer le dix-huitième, je veux
dire l'Ode et l'Épopée. On ne saurait d'ailleurs nier que notre
langage poétique ne se soit montré plus fertile en expressions
pittoresques, plus varié quelquefois, et, surtout moins dé-
daigneux, moins borné dans ses peintures. Quant à la vraie
Éloquence, où la trouverons-nous jusqu'alors? Dans la Chaire
et dans deux ouvrages de Pascal et de Fénélon. Mais quelles
immenses conquêtes n'a-t-elle pas faites depuis? Les descriptions
de la Nature, l'analyse des passions, les principes de la morale, l'exposé même des systèmes des Sciences, tout a été de
son domaine et nous avons vu reparaître l'Éloquence politique
des Anciens, qui semblait pour toujours ensevelie sous les débris de Rome et d'Athènes.
L'Histoire n'avait été souvent que le récit des batailles, et
la peinture des Cours ; elle est devenue le tableau des usages,
des mœurs et des lumières des Peuples. Les traductions, la
saine critique littéraire, et j'ajouterais la rhétorique, si l'*art
poétique* n'existait pas, appartiennent presque sans partage à la
même époque. Parmi des Sciences physiques et les Sciences
exactes, les unes ont été pour ainsi dire recréées, toutes ont
fait des progrès sans nombre, toutes se sont alliées aux Lettres,
à l'art d'écrire ; et cette alliance mémorable a rendu les Lettres
françaises les dépositaires des découvertes, des connaissances

de l'Europe entière , de toutes les richesses de l'Esprit Humain.
Enfin, si après le règne de Louis XIV, la France s'enorgueillis-
sait d'un siècle qu'elle pouvait opposer sans crainte au plus fameux, au plus grand de tous les âges littéraires, la France,
après le dix-huitième Siècle , possède la plus variée , la plus
complète peut-être de toutes les Littératures.

Ainsi notre heureuse Patrie , seule entre toutes les Nations,
a triomphé des arrêts de cette destinée jusqu'alors invincible,
qui semblait refuser au Génie deux âges consécutifs de succès
et de grandeur : elle a réuni deux de ces siècles qui méritent
de faire époque dans l'histoire de l'Esprit humain , dont ils
signalent toute la force.

Français ! cette gloire est immense ; elle n'appartient qu'à
vous. Ne vous en montrez pas indignes en la laissant dépérir.
Héritiers industrieux de vos opulens ancêtres, accroissez encore
ce noble héritage : que cette succession de triomphes ne finisse
point à vous. Démentez , démentez aussi l'inconstance des destinées humaines. Osez du moins le tenter. Le premier pas vers
les grandes choses est l'espérance d'y parvenir. Osez l'avoir
cette généreuse espérance : le grand Siècle qui vient d'expirer
semble vous la léguer lui-même. Toute sa gloire n'a pas reposé
sur quelques hommes supérieurs dont l'existence est passagère,
et qui dans l'Empire des Arts laissent rarement de postérité.
Non , la France toute entière a pris part à leurs succès, a
idolâtré leurs talens, s'est éclairée de leurs lumières , et elle a
fait de tant de gloire un patrimoine vraiment national. Cette
admiration pour les talens, ces lumières ne sont pas éteintes.
Tant d'ouvrages consacrés aux saines doctrines , tant d'excel-
lentes critiques, de traités d'Eloquence et de Poésie, tant de
précautions prises dans le dix-huitième Siècle pour prévenir la
décadence du goût, la corruption de la langue, empêcheront
long-tems parmi vous et la langue de se corrompre et le goût
de se dépraver. Ce Siècle que vous avez vu finir a laissé des
guides habiles au Siècle qui vient de naître ; leur expérience

saura l'introduire dans la route des succès, où tout lui impo
le devoir d'imprimer à son tour des traces lumineuses.

Oui, Français, n'en doutez pas, votre Littérature est a
pelée à de nouvelles conquêtes. Les troubles dont vous avez é
témoins, ces agitations convulsives qui ont ébranlé tout l'E
pire, ces agitations elles-mêmes sont des gages assurés de vot
éclatant avenir. Elles ont placé ce Siècle dans la même situ
tion où se trouvait le Siècle de Louis après les divisions inte
tines et les guerres de sa minorité. Elles ont laissé dans l
esprits cette activité inquiète et féconde, qui, lorsque c
crises terribles ont cessé, se tourne en véritable force,
porte encore toute l'ardeur, toute la violence des factio
dans les hautes et nobles entreprises. Si jusqu'à présent cet
vigueur secrette ne s'est pas également fait sentir dans tout
les parties de votre Littérature, elle s'est signalée dans v
camps, et l'attention publique l'y a suivie. Mais quand les r
gards de la Nation, arrêtés depuis plusieurs années sur d
grands événemens, loin du sanctuaire paisible des Muses
viendront à se reporter enfin avec plus de calme sur ces Ar
qui furent toujours le premier des plaisirs, la plus douce de
jouissances pour les Nations civilisées, et qui sont un besoi
pour les Français; alors on verra se déployer cette énergie de
esprits, après celle des caractères, cette émulation, cette so
de travaux et de célébrité, qui suivent chez tous les peupl
le passage sanglant et rapide des Révolutions; alors le Sièc
de Bossuet et de Corneille, celui de Voltaire et de Montes
quieu, reconnaîtront leur successeur; alors la Renommée
long-tems fixée sous nos drapeaux, viendra planer sur no
murs; et cette grande époque de l'Histoire, commencée pa
tous les prodiges de la guerre, s'enrichira dans le sein de l
paix, de tous les triomphes des Arts.